淘寶黃金手

卷五 稀世翡翠

羅曉 著

目錄

淘寶黃金手

第七十一章

後遺症

對於地下買賣，周宣當然也瞭解很多，
因為之前跟魏海洪幹的那些，沒有一件不是地下生意，
不過有魏海洪出頭，也不用擔心有什麼後遺症，
價錢雖然低一點，但也會少很大一筆仲介費用。

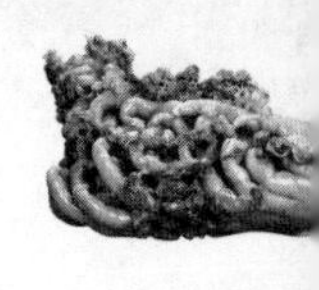

陳師傅對祖母綠雖然不熟，但還是挑了些工具，慢慢把祖母綠礦石上的石頭弄掉，這又花了兩個小時的時間。

這個時候呈現在眾人眼前的，便是一枝像樹枝一般的晶體，如一顆一顆地黏貼在上面似的。

每一顆綠晶都呈長方形的柱體狀，細數一下，長方柱都有六個面，而晶體幾乎是透明狀，就像玻璃一樣。

老吳從陳師傅手中接過來，又拿到強光下仰頭一瞧，燈光射到祖母綠的礦石晶體上，折射出的光彩很誘人，像是夢幻一般。

老吳嘆道：「哎，真是不知道怎麼說！」

張老大摸摸頭，皺著眉頭問道：「吳老，是不是不值錢？不值錢那也沒關係啊，反正也沒花什麼本錢，就一千多塊，當是多花了點路費！」

「呸！」老吳吐了一口，惱道：「我什麼時候說它不值錢了？祖母綠是寶石級的綠色柱石，換句話說，祖母綠不是不值錢，而是很值錢，祖母綠的品質好壞通常是以顏色、透明度、重量來論價值的，聽名字便知道，祖母綠祖母綠，當然是以綠色爲佳了。

一般來說，如綠色中帶灰，爲次品，綠中帶藍，爲上等，純綠色的是爲最上等，透明度以清澈明亮、晶瑩通透者爲佳品，半透明者屬普通品。重量的話，也是一個很重要的因素，一般祖母綠的，晶體不大，經切磨後，品質極優，重量在兩克拉以上者，已屬罕見，如重量在十克拉以上更是難得的珍品了。」

「你們再瞧瞧這塊祖母綠的晶體！」老吳把手中的祖母綠晶體在幾個人面前平攤在手中，一顆一顆的都比大拇指還略大。

「你們看，這每一顆顆粒都是純綠透明無雜質，而且顆粒又大，如果精工打磨出來後，每顆都在五克拉左右，這裏一共有二十六顆晶粒，也就是有二十六顆祖母綠，如果單講一顆一克拉來算，也不算很貴，因為價值要低一些，也就四五萬，成色好的價格就更高一些，但兩克拉以上的，價錢就不同了，這跟鑽石一樣，如果是顆粒的，就算成色好，價錢也還是會低一些，越大的就不能以倍計算了，像這樣的祖母綠晶體，每一顆價值都會超過兩百萬人民幣，這二十六顆的總價值絕對超過五千萬以上。」

周宣也有些意外，原本預計是會賺一筆，卻沒想到隨便弄這塊石頭竟然就值五千萬以上！

驀地裏覺得手臂一痛，原來是張老大將自己手臂抓得痛了！

「吳老，你說這值五千萬？」張老大幾乎不相信自己耳朵。

「五千萬還是說得低的！」老吳盯著手中的祖母綠，邊搖著頭邊說著，也不知道他搖的什麼頭！

「我說的是五千萬以上，以上，你懂嗎？」

張老大只是點頭，連連道：「我懂我懂！」趕緊又掏了一遝鈔票出來，數也不數就塞給陳師傅，說道：「陳師傅，你們也累了一整天了，這點錢，你們拿去吃個宵夜、喝個茶吧。」

周宣笑了笑，張老大倒是很懂得做人，這一疊錢恐怕是不低於三千塊了。

告別了陳師傅叔侄兩個人，張老大、周宣、老吳三個人將祖母綠晶礦裝在背包裏，攔了計程車回到潘家園。這個時候時間也很晚了，店裏只有周濤一個人在。

周宣他們三個人進店後，關了店門。在店裏面，老吳把祖母綠取出來放在桌子上，又端詳了半天，只是搖頭。

張老大有些奇怪了，問道：「吳老，你不是說這值五千萬以上嗎？爲什麼還是搖頭？是不是又看走眼了？」

「不是！」老吳嘆道，「我只是覺得像做夢一樣，從那顆夜明珠到現在的祖母綠，這麼難尋的寶物，怎麼到了你們這兒，就像是撿塊磚頭一般容易了呢？」

「這個還用說啊！」張老大笑呵呵就要吹起牛來。周宣卻馬上說道：「老大，這些祖母綠讓老吳找工匠打磨出來，然後跟夜明珠一起銷售，資金再投進店裏，咱們要做，就把店做大。」

張老大呆了一下，然後才想起來，店裏算起總賬的話，以前那黃金賣了兩千萬，夜明珠最少值五千萬，這些祖母綠又要值五千萬，那這個店的總資產就已經過億了！

從籌備到現在，才幾天啊？說漲就漲，而且是實實在在的，這就過億資產了？

張老大愣了愣，當即又搖頭又擺手道：「弟娃，這個要不得要不得，你投入得已經太大了，我也知道，你念著兄弟情誼，現在這祖母綠是你一個人的，不用再投進店裏來，放在店裏賣倒是可以，只是不能再作爲總資產投入了！」

張老大這也是說的內心話。憑著周宣的資金和運氣，自己已經得到太多好處了，從剛剛聽到這些祖母綠值大錢後，他就替周宣高興，情不自禁就拿了錢打賞，卻不是想占一筆。

周宣笑笑道：「老大，你錯了，我不是要給你，我是想要把咱們店做大，這夜明珠和祖母綠不過是套取現金出來，然後咱們再到緬甸進一批毛料回來，加工自己的翡翠。你想不想？」

周宣笑著盯著張老大說：「咱們再開十家八家的分店，你想不想做個真正的大老闆？」

「想！當然想了！」張老大對做大老闆的事更上心，只是周宣平時很懶散，似乎不大願意管古玩店這些事，怎麼現在倒是想大幹了？

「既然想，那就好！」周宣笑了笑，摸著下巴想了想，然後又道：「老大，你跟吳老這

兩天就忙一下，咱們那夜明珠和祖母綠就不用等到開業了，先找一間拍賣行，最好是影響力比較大的拍賣行，把這兩樣給拍賣了，我需要現金。」

周宣盯著老吳笑笑道：「吳老，以您老的關係和人脈，如果能聯繫到地下的買家那是最好，價錢稍低一點都無所謂，只要來錢快！」

對於地下買賣，周宣當然也瞭解很多，因爲之前跟魏海洪幹的那些，沒有一件不是地下生意，不過有魏海洪出頭，也不用擔心有什麼後遺症，價錢雖然低一點，但也會少很大一筆仲介費用，拍賣行的費用可是很高的。

周宣也不是沒想過找洪哥，但想到以後事事都要找他，就可能形成洪哥依賴症。把關係吊在一棵樹上總是極爲危險的事情，倒不是洪哥不會幫他，但如果洪哥有什麼事情或者離開北京，那時可要怎麼辦？

此刻，周宣已經認識到，一定要形成自己的勢力範圍，一定要有自己的實力，像自己這種平頭百姓要想出人頭地，那唯一的出路便是要變得有錢，而且是變得很有錢！

要想很有錢，那就必須努力賺錢。當然，對所有人來說，賺錢都是一個理想，一個目標，只不過達到目標的人卻是極少數。當然，這對現在的周宣來說已經不是個問題了，有冰氣異能在手，賺錢，拉關係，那都將無往而不勝！

改變周宣最大的一個原因，其實是傅盈。現在，周宣只想著要怎麼給傅盈最幸福的生活。當然，傅盈絕不是衝著他的錢來的，傅盈比他更有錢。

但周宣想讓傅盈感到開心。傅盈到他身邊，並未得到家人的同意，她是偷偷跑出來的，是離家出走的，因此，想要真正得到她家裏人的同意，周宣很明白，那就得通過傅盈爺爺傅天來那一關。

傅天來的意思周宣很明白，想要配得上傅盈，那就要拿金錢和實力說話！

現在，周宣有冰氣在手，實力絕對不是問題，不過金錢就不夠看了。雖然自己也撿了不少的漏，賺到了一般人想都不敢想的大錢，有了驚人的幾億身家，但這點錢比起傅家來，不過是九牛一毛罷了。

就衝著這個，周宣決定要好好賺錢，而且要賺很多的錢。

雖然他能憑著冰氣探測到奇珍異寶，但這還需要一個關鍵條件，那就是，你必須能到達有奇珍異寶的地方。否則，光有冰氣又有什麼用？就像是在老家的山上，石頭遍山遍野都是，可那些石頭就是石頭，砸碎磨粉，它依然只是石頭，變不成寶。

但如果到了緬甸，或者是雲南邊境的翡翠原料交易基地，那就給了他一個寶山啊，任由他發揮冰氣，取回一個個有翡翠的毛料，交易又是合法的，光明正大地賺大錢，這樣的機會哪裡去找？

就像前幾次，自己隨便測到一塊毛料就能賺幾千萬，如果到了毛料的老家，一次弄它個

十塊八塊的好毛料，一次就能賺上幾個億！不到一年半載，自己還不就發了？就算家底比傅家薄得多，但以這種賺錢的速度，那還不是想趕上誰就趕上誰嗎？

周宣獨自笑呵呵地思索著，另一邊，張老大也樂得有些傻了，他的財富也跟著像滾雪球一般，動都沒動，三兩下就變得像個巨人了！

只有老吳在認真想著周宣剛剛說的話，他猶豫了一陣才說道：

「小周，這事我倒是可以聯繫一下。買家也找得到幾個，試試吧，就憑我這張老臉和我認定的東西，還是有幾個人能來談的，但具體會談到什麼程度，現在我還不能保證！」

「行！」周宣當即點點頭，笑道：「吳老，那就麻煩您了！」

張老大隨即到街邊的停車場把車開出來，先送老吳回家，然後才送周宣。不過，還沒到西城的時候，張老大的手機就響了。

張老大一邊開著車，一邊接了電話，電話裏居然是趙老二的聲音：

「張老大，我在火車站，過來接人！」

張老大呆了呆，問道：「什麼火車站？」

「我剛到，沒有弟娃的手機號碼，所以直接打給你了，這邊我都暈頭轉向了，趕緊過來接我！」

趙俊傑只是催著，張老大苦笑道：「你就待在那兒別動，我跟周宣過來接你！」

周宣怔了怔，問道：「誰啊？」

張老大把手機放到車頭，說道：「是趙老二，這傢伙怎麼忽然就到了？你不是讓他處理家裏的事嗎？」

周宣也弄不明白，趙老二一直沒有電話過來，也不知道家裏的事有沒有處理好，這些時間以來，父母在北京過得挺充實，幾乎都忘了家裏的事了，一直沒有人提起。

現在，家裏最有空的就是周宣的老媽金秀梅了，可這些天，傅盈跟她打得火熱，她一心想讓兒子跟兒媳婦趕緊結婚，給周家添丁，哪裡還想得到老家的事？

張老大開著車到了火車站廣場旁邊，在南角就看到了趙俊傑。那一排人雖然多，但張老大跟周宣還是一眼就瞧見了他。

這傢伙打扮得還不差，花襯衫、尖頭鞋，就差頭髮沒梳理得油亮了。張老大把車靠邊，探頭叫道：「老二，上車！」

趙俊傑還在四下裏探著頭，卻沒想到車已經開到面前來了，抬頭瞧了瞧，隨即一笑，拉開後車門，先把地上的行李扔進車裏，然後鑽上車。

等張老大把車開上高速後，趙俊傑才把衣服解開，露出皮帶和底褲。

周宣癡癡笑道：「老二，你真要把你老二取出來？」

趙俊傑「呸」了一聲，說道：「我圈圈你個叉叉，我老二可不是給你瞧的，要給也得給……」說到這裏便不說了。

張老大哈哈一笑，道：「老二的老二，那是給二妞的！」

「屁！」趙俊傑罵道，「兩個混蛋！弟娃，這是你家的錢，房子賣了六萬四，橘子林全部處理了，有七千，不過地一下子賣不好，因爲全是山地，先托給你二叔出租了。」

趙俊傑說著，從底褲上的腰間取下了一條布帶子，帶子給縫得很緊，使了勁才撕開，裏面全是錢。

趙俊傑把錢取出來，一共是七疊，遞給周宣：

「弟娃，你回家慢慢數，一共是七萬一千塊，那房子幸好是你在家就說過了，人家都是知道的，不然我也不好賣，簽的合約也只是代簽。鄉下人沒那麼多規矩，知道不是騙人的就行了，買房的也是咱村的，李家老三，幾兄弟，房子不夠住，剛好你家夠寬，又剛新建了一半，這個價錢不算貴。」

周宣倒真是有些不好意思了，本是取笑趙老二，卻沒想到人家是把他家的錢藏在腰間，讓他有些好笑，也有些感動，說道：

「老二，吃飯了沒？要不現在找個地方先吃飯？」

「我什麼都不想吃，這一路上，在火車上就是坐著吃，吃完坐，心裏堵得慌，又擔心這錢，沒睡覺，現在我只想找個地方躺下去，睡它個兩天再說！」

趙俊傑搖著頭回答著，然後張嘴大大打了個呵欠！

張老大惱道：「你這個蠢貨，就不知道把錢匯過來嗎？」

「你知道個屁！」趙俊傑也毫不示弱地回了他，「我要把錢匯過來，你們在這花花世界整天花天酒地的，哪裡還記得我？張老大，你說句實話，你們過來了，又什麼時候給我打過電話？」

張老大哼了哼，卻也說不出反駁的話來。他們確實是沒有給趙老二打過電話，怪不得他這麼說。

「好好好！」周宣趕緊答應著，「來了就來了，別再說什麼了。正好，我有事要老二做，剛好缺人！」

趙俊傑一聽有事，精神一下子就來了，問道：「什麼事？」

「什麼事都要明天再說，你現在的任務就是好好睡一覺！」

周宣不再給他機會，再說這些話題，只怕趙老二睡意就跑光了。

周宣讓張老大把他倆送到宏城花園廣場處就下了車，讓張老大先回去，然後跟趙俊傑往社區裏走。

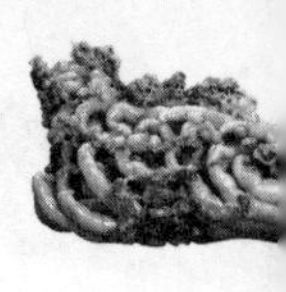

趙俊傑一邊瞧著一邊驚嘆：「弟娃，你不會是住在這裏吧？這房子瞧著也不便宜，咱們那縣城裏的樓房也要八千多塊一平方呢！」

周宣聽他自言自語說著，笑而不答，走了四五分鐘，才回到南邊自己那第八號別墅。

趙俊傑頓時驚得呆了，好半晌才問道：「弟娃，這真是你的房子？」

周宣「噓」了一聲，道：「太晚了，大家都睡了，我帶你到三樓的房間。你先睡吧，有什麼事都明天說！」

趙俊傑傻愣愣跟著周宣到三樓，空的房間還多，周宣隨便挑了一間給他，然後進去開了燈，又到浴室把水溫調好，給趙俊傑簡單介紹了一下，趕緊閃人。

趙俊傑本想要問好多事，但還沒張開口，周宣已經跑得不見人影了，夜又深，大家又都睡了，便是要找他，趙俊傑也找不到了。

周宣回到自己的房間，洗漱完後躺到床上，然後仔細梳理了這幾天的事情。雖然有些小漏洞，但還都說得過去，也沒有什麼人懷疑他，至少張老大沒懷疑過他，只是覺得他運氣太好，而老吳那兒也完美地搪塞過去。

最令周宣高興的就是收拾了方志誠和方志國這兩個傢伙。方志誠不是好東西，自己早就知道，而方志國更不是東西，早早打好埋伏，來等他跟張老大上當，讓他栽了一千多萬也好，這種人，自己出手治理，那便是幫老天爺出了面！

幹這件事，周宣第一次覺得心裏沒有半分後悔和憐憫。

想了半天，周宣又運起冰氣，自己的一切幸福金錢都來自這個大殺器，得好好練習，加固加牢，賺錢的希望可都在冰氣身上。

第二天早上，周宣睡到了九點才起床，到客廳裏後卻驚訝地發現，趙俊傑居然也起了床，正在客廳裏跟老娘聊得開心呢。

金秀梅見到周宣便說道：「兒子，你怎麼沒跟媽說一聲，就讓趙家老二把家裏的房子賣了？這下可好了，想回去也不成了，房子沒了！」

周宣見金秀梅說這話時，也沒有生氣的樣子，呵呵笑道：「媽，我當時要是先說了的話，你跟爸能同意嗎？我也是不得已才這樣做的。呵呵，已經上了賊船，木已成舟了！」

金秀梅笑罵著：「如果不是看在我媳婦兒的面子上，今天就不放過你，有你好看的！」

周宣聽到金秀梅說媳婦兒，這才發覺沒見到傅盈，便問道：「媽，盈盈去哪兒了？還是沒起床？」

金秀梅笑呵呵地道：「一大早的，曉晴就過來把她給叫走了，說出去逛會兒街！」

周宣怔了一下，隨即問道：「曉晴？她怎麼來了？」

「誰知道呢！」金秀梅也不在意，隨口又說道：「曉晴開了車來的，吉普車，挺威風的！」

周宣又怔了一下，問道：「曉晴開吉普車來的？」心裏暗道不好！

想到魏曉雨的兇悍和無理，周宣頓時驚了。上次她向傅盈挑釁，好在傅盈練過，沒落下風，但兩敗俱傷的情景是免不了，周宣不願意看到這個情景，尤其是不願意看到傅盈受一點點傷害。

「老二，你就在家裏玩，跟媽聊聊天，我有事要出去一下。」周宣急急交代了便跑出去。

社區裏面是沒有計程車的，周宣得到宏城花園外面搭車，還是先給魏曉晴打個電話，看看她知不知道是什麼情況。

只是剛到宏城花園的廣場時，就聽到有個女子聲音叫道：

「周宣，這兒，上車！」

周宣尋著聲音望過去，卻見右側邊一輛紅色的敞篷跑車中，身穿紅色休閒T恤的魏曉晴朝著他揮了揮手。

周宣倒是覺得魏曉晴這個樣子很新鮮，從上次她說過那些話後，周宣有點害怕見到她，不是因爲別的，就因爲魏曉晴是個好女孩，雖然任性嬌寵，但善良，漂亮可愛，周宣極不願意傷害到她。

但周宣也沒辦法，他心裏只有傅盈一個，他不會再去喜歡別的女孩子了。

急急上了車，坐在魏曉晴身邊，周宣才問道：

「曉晴，你怎麼來了？你姐姐把傅盈叫出去了，你知道不知道？你趕緊幫我找到她，你姐姐根本是個女土匪！」

魏曉晴好像有些不自然地攏了攏披肩的長髮，哼了哼，發動了車子，嗖地一下便竄了出去。

周宣差點撞到側邊的車門上，嚇了一跳，道：「曉晴，幹嘛開這麼快？」

魏曉晴冷冷地道：「姓周的，你讓我好等啊，在這廣場上一直等了兩個小時！」

周宣呆了呆，忽然恍然大悟說道：「你，你不是曉晴，你是魏曉雨？」

「我不是女土匪麼？」魏曉雨一邊開著車，一邊冷冷說道：「那今天就讓你見識一下女土匪。」

周宣呆了呆後，倒是放心了。既然逮著自己的是魏曉雨，那跟傅盈在一起的就是魏曉晴了。把自己逮著倒無所謂，反正她也不會把自己弄去殺了賣了！

但確實沒想到魏曉雨也能改變她那軍人的形象，不過只要一跟她說話便會明白到，她是魏曉雨。雖然兩姐妹聲音也很像，但語氣就大不相同了，曉晴是柔柔的，嬌嗔型，而魏曉雨就是冷冰冰的，瞧誰都不順眼的那種，一聽就明白。

上了當也沒話說，不過他倒是奇怪，魏曉雨怎麼會改變形象呢？

魏曉雨把車開得飛快，周宣沒繫安全帶，趕緊用手緊緊抓著車上的把手，跟她也沒有什麼好說的，自己剛剛說她是女土匪，也惹惱了她吧。

魏曉雨把車開到了一間掛著「武術之聲俱樂部」牌子的地方停了車，然後下車叫道：「進來。」

周宣定了定神，坐了這一陣子狂車，頭還有些昏，只好跟著她往俱樂部裏面走。

俱樂部裏人不少，來來去去的都是些肌肉男，女孩子特別少，遇到兩三個，那也都是恐龍型的，聽說能打、喜歡練身體的女人都是不漂亮的，當然，盈盈除外。

這個魏曉雨雖然也不是恐龍女，但性格就跟恐龍沒什麼區別了，周宣估計，喜歡她的男人應該沒有！但奇怪的是，從進這間俱樂部開始，從上到下，不管是鍛煉身體的，還是服務生，只要是男人，似乎都對魏曉雨是又恭敬又愛慕的表情！

周宣心想，這些男人恐怕都是瞎眼了吧，這麼個冰山一樣喜歡打人的女人也討人喜歡？也有可能這些人把她當成了曉晴吧？對，極有可能，曉晴還是很討人喜歡的。

一進裏面的練習場，幾個正在練器械的男人都叫道：「曉雨，你怎麼今天來了？」

魏曉雨哼哼地道：「有事，想跟人練練！」一說到練練，那幾個男人當即把嘴都閉上了。

魏曉雨到櫃檯上，對站在裏面的一個年輕男子說道：「小張，我要一間單獨的練習室。」

那小張趕緊點頭說好，然後出來帶著她跟周宣往右側走，其他男人這時都把眼光投到周宣身上，瞧了瞧，很是疑惑，就周宣這模樣，夠魏曉雨練身手嗎？難道還有另外的陪練？

這些人都是吃過苦頭的。之前，魏曉雨生氣的時候，就會來這個俱樂部，說找人陪練，當然就有大把的男人湧上前來，結果無一不是被揍得鼻青臉腫，渾身是傷。本想一親芳澤、占點肌膚便宜，卻不曾想到，根本就進不了魏曉雨的身子，便給揍得動不了身。魏曉雨跟她的外表是兩個極端，漂亮歸漂亮，但身手卻真的是恐怖。

那小張打開的是一間三十來平方的小練習室。裏面設備不錯，拳擊手套、沙袋等訓練工具都有，房間的地板上還墊了一層軟的皮墊子。

小張笑著點了點頭，然後就出了門，順手又把門關上了。

第七十二章
姐妹情深

那天晚上，魏曉晴說了「周宣，我喜歡你」這幾句話，
魏曉雨便記在心裏頭。別看魏曉雨冷冰冰的，
但對妹妹其實是疼到了心裏，只是不擅表達，
妹妹這回的病，讓她心痛，也讓她一家人都慌了神。

魏曉雨挑了一雙拳套，戴到手上後，用牙齒和手繫上帶子，然後對周宣道：「戴上拳套！」

周宣頭搖得像撥浪鼓，說道：「不戴，我又沒說要跟你打。」

魏曉雨柳眉一豎，樣子兇了起來：「不打也行，我給你兩個選擇，你自己選一個！」

「什麼兩個選擇？我爲什麼要選？」周宣哼了哼回答著。

「你沒得選擇！」魏曉雨說道。

「第一，你跟曉晴說喜歡她，向她求婚。第二，就是跟我打！」

周宣頓時呆了一下，隨即問道：「什麼？向曉晴求婚？你發什麼昏了？」

「是男人，做事就要敢做敢當！」魏曉雨冷冷地道，「我發昏？你對我妹妹做過什麼了？」

「我對曉晴做過什麼了？我什麼也沒做過，我跟曉晴是清清白白的！」周宣有些氣不打一處來，這魏曉雨還真是胡攪蠻纏，不講道理。

「你是要我說出來？」魏曉雨盯著周宣問著。

「說，當然要說。」周宣氣哼哼說道，「你不說，怎麼證明我的清白，我哪知道你說的是什麼事？」

魏曉雨盯著周宣看了半晌，雖然那張臉蛋是無與倫比的漂亮，但就是讓周宣心裏直發毛。

好一陣子，魏曉雨才說道：「好，那我就讓你明白，我妹妹的初吻是不是給了你了？」

魏曉雨的眼神越來越狠，又道：

「我不管是不是有很多人把這個看得很隨便，很不値錢，但我告訴你，在我們家，就是那麼傳統！我妹妹的性格我也知道，她從來就沒跟男人做過這種事，竟然跟你發生了這種事，你還有什麼話說？」

靠！周宣真想狠狠罵出來，但卻是罵不出聲，魏曉雨說的也是事實，雖然當時是爲了救曉晴的命，但自己親了她的嘴，這也是事實。

只是魏曉晴應該不會跟她姐姐說起這事吧？她怎麼會知道的？別看魏曉晴外表柔柔的，但心裏其實卻是極爲驕傲，周宣不會喜歡她，她又不是不知道，所以這件事她絕對不會說出去。

魏曉雨確實也不是聽魏曉晴親自說的，而是她在發高燒時說的胡話。那天晚上，她一直在說「周宣，我喜歡你，我的初吻也給了你」這幾句話，魏曉雨便記在了心裏頭。

說實話，別看魏曉雨冷冰冰的，但對妹妹其實是疼到了心裏，只是不擅表達，妹妹這一回的病，讓她心痛，也讓她一家人都慌了神。

魏海峰是個軍人，對女兒向來要求很嚴，對周宣這個平民百姓自然是瞧不上眼，但老爺

子對周宣卻是另眼相看，魏海峰擔心女兒，還特地跟老爺子私下裏談了談。

老爺子只給了他幾句話：「小周是我一生中遇到的最奇特的異人，可遇而不可求，他是我的貴人，別以地位論他，如果曉晴真能跟周宣的話，我倒是一百個贊成，只怕是人家不願意啊。」

老爺子是個什麼樣的人物。作爲他的大兒子，魏海峰能不清楚嗎？他一生中最佩服的人便是父親，老爺子這幾句話無疑向他說明，周宣雖然是個平民百姓，但足足配得上曉晴，反而是曉晴未必被人家喜歡上。

這給魏海峰有些打擊，雖然他一貫嚴肅，對女兒不假辭色，但卻是把兩個女兒當寶貝，心裏想著，只有他家女兒瞧不上別人，卻沒有別人敢瞧不上他女兒的！

魏曉雨也跟她老子一樣的心思，她認爲，她們家能低下頭認可周宣，那周宣應該喜極而泣，感恩戴德才對。

周宣呆愣的時候，魏曉雨心裏想著，也許周宣正在猶豫不決吧，以她們家的家世，以及曉晴的漂亮可愛，周宣應該跟做駙馬爺沒有區別。

周宣呆了一陣後，默默撿起了拳套戴在手上，沉聲道：

「我跟你打！」

周宣思慮了半天才把話說出來，真是出了魏曉雨的意料。

「你真要選擇跟我打？」魏曉雨沉著臉問他，心裏越發有些惱羞成怒了，看來周宣硬是個不知好歹的人，哼了哼又說：「我妹妹現在這個樣子，那可是強顏歡笑，若是她有個三長兩短，我告訴你，我就先把你弄成殘廢，然後再把傅盈趕走，看你還有什麼好得意的？」

周宣臉色一變！魏曉雨這個女人，周宣明顯感覺得到她說得出就做得到，對自己那還是小事，如果她要對付傅盈，那辦法可多得是，別說在這個地頭，跑到哪裡都是一樣，不是有句話叫「天下之大，莫非王土」嘛！如果魏曉雨起了壞心，他又能躲到哪裡？

「我跟你打，你說吧，要怎麼樣都可以，不過請你不要騷擾我的家人！」周宣喘了一口氣盯著魏曉雨說著。如果可能，他真想在那張漂亮的臉蛋上狠狠揍上兩拳！

魏曉雨一雙極好看的柳眉漸漸豎了起來，臉上的怒色越來越濃，臉色也越來越黑，瞧著周宣戴上拳套的樣子，那是執迷不悟了！

不過，魏曉雨是搏鬥行家高手，瞧著周宣一雙拳套戴得歪歪斜斜的樣子便知道，周宣確實是不懂半分技擊搏鬥的，只是戴上拳套盯著她。

就衝這架勢，魏曉雨便覺得好笑，說道：「姓周的，你要打也可以，只要我停止的時候，你還能站著，我就饒過你，否則，你就給我選另一個選擇！」

媽的，這不就是要把老子打一頓，打服了再選她那個條件，說白了，就是教訓自己一頓後再讓自己服軟。

這叫什麼兩個條件？在魏曉雨眼裏，就只有一個條件，她壓根兒就沒想過給周宣別的選擇！

就憑自己這身板和打架的經驗，能跟她這個專業的軍隊精英相比嗎？盈盈是什麼身手，周宣明白得很，就是傅盈也只能跟她打個平手，自己又如何是她的對手？

周宣皺著眉頭想了一陣，打肯定是不夠她打，但認輸也不行，應該怎麼辦？

魏曉雨盯著他，哼哼道：「哼，到底要選什麼，別磨磨蹭蹭的！」

周宣瞧著魏曉雨一副勝券在握的表情，心裏不禁一橫，心道：打便打，死便死，自己有冰氣異能，可以迅速恢復傷勢，就硬撐，不就是痛一回嗎，痛就痛吧，反正有異能頂住，撐過去！

「好，你說的，只要你停手的時候，我還能站起來，話就由我說了算！」周宣咬著牙狠狠說道，把拳頭捏得緊緊的，盯著魏曉雨。

魏曉雨活動了一下身體，扭扭手臂，壓了壓腿，看姿勢，確實是很美，但周宣幾乎想把她的肉啃一口下來，消消怨氣。

魏曉雨將雙手拳套碰了兩下，問道：「準備好了沒有？我要動手了！」

周宣一雙眼盯得緊緊的，一瞬也不瞬，魏曉雨說動便動，左腳踏前一步，右拳迅速擊出，似乎帶起了「呼」的一聲風響。

周宣瞧見這一拳直直打過來，趕緊伸雙拳盡力一擋，「砰」的一下，盡全力的一擋竟然擋不住，跟著被魏曉雨的拳頭推著自己的拳頭重重擊打在自己的左臉上！

周宣身子倒飛出兩三米，摔在地半天動彈不得！

這一下摔得周宣骨頭都快散了架，嘴裏鹹鹹的，吐了一口出來，全是血水！

魏曉雨這一下重拳是有意使出來的，第一下先給周宣來個下馬威，讓他知難而退，自己認輸服軟是最好。

周宣躺了幾秒鐘，眼睛裏瞧到正叉著腰戲弄地盯著自己的魏曉雨，心裏的火氣一下子就起來了。運起冰氣迅速恢復著傷痛，動了動身子，慢慢爬了起來。

「還要繼續下去？」魏曉雨嘲諷地問道。

周宣只是冷冷地說了一句話：「我還是站著的！」

「好！」魏曉雨沒猶豫，再用重拳攻擊周宣。周宣幾乎沒有抵擋，他根本就沒有學過一招半式的武術，也沒有跟人家這樣搏鬥過，除了挨打，還是只有挨打。

但好在周宣有強勁的冰氣異能，雖然痛極，但周宣幾乎是一被魏曉雨打倒，不到五秒鐘又爬了起來，依舊站在那裏瞪著魏曉雨。

魏曉雨原本是想，既然周宣不服軟，那就用幾下重手，雖然沒衝著致命和傷殘的位置，但對普通人來說，那也是極重的打擊。

不過周宣被打倒之後，總是不超過五秒鐘又爬了起來，魏曉雨越打越是奇怪，到後來純粹就只是想把周宣真正打倒，而不再顧忌什麼了。

但周宣就跟打不死的小強一樣，被打倒時看著傷得不輕，但轉眼又咬著牙，有精神地站起來。

魏曉雨一開始是小瞧，後來便是發了狠，再後來就是吃驚了！

她可是經過千錘百煉才練得的超強身手，即使在部隊中，也沒有任何人能有周宣這種抗打能力，不管多重的拳，他總是能好好又站起來，彷彿就是故意湊上前給她打一般。

連續進行了半個小時，魏曉雨自己反而是累得汗如雨下，彎著腰直喘粗氣，眼見著周宣又是奮力爬起身，又湊到她面前。

魏曉雨咬著牙又一拳揮出，不過，這時候她的力度和速度就差了很多了。

周宣頭一偏，閃了過去，隨即狠狠地一拳打出。

魏曉雨想著的是如何把周宣打倒，卻絲毫沒想到周宣還能反擊，這很出乎她的預料之外，也沒有閃躲，確實她是連躲閃的力氣也沒了。

周宣一拳打在她腰間，魏曉雨痛得彎下腰，周宣又是一拳打在她臉上，這一拳用力過猛，拳套也飛了！

魏曉雨站立不穩，摔倒在地，周宣哪裡遲疑，一步躥上去就騎在她身上，雙手用力掐著魏曉雨的脖子說：「我掐死你，我掐死你！」

魏曉雨這時確實是沒了力氣，這個周宣真像是一頭怪物，她只想拼命把他打倒，可越是用力，他反而越是生猛，打到後來，自己似乎便是再動一動手也困難，等到周宣騎到她身上掐她的脖子時，她已經沒有一絲力氣反抗了！

周宣掐著魏曉雨，只覺得她軟軟的沒有一點力氣，嘴裏舌頭也伸了出來，幾欲暈去，這才一驚，趕緊鬆了手，又站起身退開幾步。

魏曉雨胸脯一起一伏直喘氣，好一會兒才拿眼瞧了瞧周宣。

周宣又退了幾步，想了想便道：「魏曉雨，希望你說話算話，別來騷擾我的家人，現在，我是站著的，你是躺著的！」

周宣扔了這幾句話後，便拉開門走了出去。

魏曉雨腦子裏卻仍沒有轉過彎來，好半天才想到：我輸了麼？我輸了?!

周宣出了俱樂部後，狠狠吐了一口唾沫，這時渾身都疼，他只好一邊運著冰氣恢復，一邊攔著計程車。

本想就此坐車回家，卻又擔心傅盈和老娘看到他不對勁，心想：還是在外面多晃蕩一下，等冰氣把傷勢完全恢復好之後再回去。

轉悠了一會兒，突然覺得肚子很餓了，便隨便找了一間餐廳吃自助火鍋。

周宣吃飽以後，再到洗手間裏對著鏡子仔細瞧了瞧自己，身上臉上也都瞧不出來什麼了，這才慢悠悠地走回家。

家裏居然就只有趙俊傑一個人在。老媽、傅盈，還有保姆劉嫂三個人一起去商店了。聽趙老二說，傅盈是回來後又跟老媽一起出去的，順便還叫上了劉嫂，說是再逛一趟超市，買點有營養的菜回來。

周宣很是鬱悶，今天總是心情不順暢，從一早上起床就是。

趙俊傑又道：「張老大也打電話過來，說是古玩店那邊有一點麻煩，叫你回來後趕緊過去，反正我也沒事，跟你一起去吧。」

不知道張老大那邊又出什麼事了，最好是不要再有頭痛的事，今天已經很煩了。

周宣雖然煩，但還是跟著趙俊傑兩個人一起趕往古玩店。

古玩店是真遇上麻煩了。

在潘家園，賀老三倒了之後，比他稍弱一些的池藍山，便成了潘家園最說得起話的人了。

以前他比賀老三弱，那是弱在拼不過賀老三的關係，並不是弱在資金上，要說到做生意和家底，池藍山比賀老三就多了去了。

賀老三的身價也就是個三兩千萬，這池藍山可是有數億的身價，又因爲長得肥，做生意心也狠手也辣，背後人們便叫他池胖子，當面卻是叫著池老闆。

賀老三莫名其妙倒了後，倒是成就了池胖子，讓他撿了一個白白的大便宜，賀老三的後臺也不敢露面，他那些家底都給池胖子低價收了去。

有道是樹倒猢猻散，賀老三在的時候，黑白兩道都吃得開，捧他的人多，但這一倒下，什麼人都不見了。加上賀老三虧心事也做得不少，拍手稱快的人更多，也沒有人替他說半句可憐的話。

池胖子其實關係也不差，各方面都有人脈，只是不如賀老三那麼強勢，俗話說，壓一線就是壓一頭。被賀老三壓著一直起不了頭，這賀老三一倒，池胖子當然就揚眉吐氣了。

現在的潘家園，池胖子的店應該是最大最有底氣的。以前，賀老三在潘家園定有一個行規，只要是他店裏瞧得起的物件，那得讓他先出手，客人也要先拉到他店裏。

爲此，賀老三請了十幾二十個馬仔，成日裏在潘家園晃蕩，在各家店門前轉悠，看到有客人的話，便會先出手，連拉帶騙哄到自己的店裏後，不管貨物是好還是壞，絕大部分的生意都歸了賀老三。

而且還有一點，他如果出了價，那客人不賣，嫌價錢低的話，再到其他店裏，別的店也

不允許收，就算收了，那也得歸他。

這種霸王做法很令別的店生氣，當然，大家都是敢怒而不敢言。這年頭，誰有關係誰就直得起腰。更何況，賀老三不僅僅是官方面有關係，就是黑道上也一樣，搞不好就叫幾個橫臉豎眉帶兇相的傢伙到你店裏鬧事，你要報警了，人馬上消失，警察一走，跟著更大的報復就來了。

賀老三這一倒下，事情的原因各有說法，但卻沒有一個人知道真正原因，因爲背後是魏海洪，警方高層早就布下禁口令，不得洩露任何秘密，所以下面也就沒有人知道。

池胖子抬了頭，迅速立穩腳跟，儼然他又成了賀老三第二。

今天早上，有一個二十二三歲的年輕女孩子拿了一件漢玉蟬佩件來典當，池胖子雖然蠻橫，做生意心狠手辣，但功底卻是很深，這件玉蟬佩戴的年份很長，通體圓潤，雕工也極是巧妙。

玉蟬的形狀惟妙惟肖，顏色深綠中帶著黑黃色的斑點，便跟真正的樹上鳴蟬那個翅膀上的顏色一樣，兩隻凸起的大眼睛，微微張起的翅膀，真是活靈活現。

那女孩子樣子很清秀，表情也很急，就是說要拿了玉蟬換錢。池胖子便說這裏不好，那裏有缺點等等，說最高只能出五千塊。

那女孩子很是失望，自然不肯賣給他，便要到第二家店去賣。

池胖子便對她說道，她這玉蟬他出的還是最高價，到別的店會更低。那女孩子自然不信，拿了玉蟬到別家店，結果真是如此，竟然一家出的比一家低。以前她聽父親說過，這個玉蟬是傳家之寶，價值十萬，怎麼到古玩店這兒，人家就只出幾千呢？

其實這是池胖子用的手段。在女孩子離開時，他的電話便通知了其餘的店，人家礙著池胖子的關係，也就只好順著他的意思來了。要不然，以後自己的店裏做生意，那還不給明目張膽地搶個精光，好歹現在依著他，自己還可以安穩做一些生意。

池胖子以爲萬無一失了，可問題卻出在周宣他們這間店上。因爲是新開的，聽說老闆是張老大，池胖子也知道張老大這麼一號人，在潘家園那是上不得檯面的，雖然能開這間店，但估計也是家底薄，強撐起來的，勢必不敢跟他作對。在他看來，像這樣的店，隨便打個招呼就得了。

剛好張老大又跟著老吳出去辦事了，看店的是周濤父子和曾強、陳叔華這兩個夥計。

那女孩子名字叫李麗，是一個剛畢業的大學生，父親是個開寵物魚店賣漁具小生意的，母親跟著幫忙，月收入生活有餘，但爲了送李麗上大學，卻把積蓄都花了個乾淨。

不曾想天降大禍，李麗的父親李江富半年前患了尿毒症，又由於家中經濟不寬裕，一直沒能得到很好的治療，拖拖拉拉半年後，竟然是越治越重，到現在確診爲晚期，已屬不治。

而李麗這時候才從學校畢業，父母親一直瞞著她，李麗也知道父親有病，但父母怕誤了

她的學業，從沒有跟她說過真相，直到現在瞞不過去了才告訴她。

李麗悲傷之餘，哪裡肯放棄給父親的治療？但家裏除了一些漁具和不少的寵物魚，家底都給掏光了，哪還拿得出來錢給她爸治病？

李麗便拿了自己從小佩戴的玉蟬來賣。在她很小的時候，爸爸就跟她提起過，這玉蟬是祖傳下來的。在最窮最難過的時候，老輩們也未曾把它賣掉，現在就傳到了李麗手中。

不管是什麼東西，在李麗看來，它也只是個東西，是沒有人性的死物，可父親是親人，是活生生的，玉蟬再貴重，它也抵不過父親的生命。

但古玩店出的價太低了，與她心目中的價位相差太遠，既然準備把玉蟬賣了，那就根本不考慮它的價值，但賣的錢太少，救不了爸爸，那又有什麼用？

李麗又走了好幾家，卻是一家比一家低，心裏也越來越失望，直到進了周濤的周張古玩店。

說實在的，周濤對李麗的外表頗有好感，清秀靚麗，不妖不媚。但是周濤店裏面，除了他跟父親，就只有兩個夥計，沒有掌眼師傅在，沒有人能驗貨。

周濤便開口說了原因，又請李麗到別家店看看，又或者明天再來，等老吳和張老大在店裏才行，他們都不懂驗貨。

李麗聽到他們這家店與別家店的說法不同，頓時又燃起了希望，又急又愁地說了原因。

看著李麗淚眼花花的模樣，周濤一下子心軟了，到底他是農村鄉下來的，樸實得多，當即打電話給張老大和老吳。

老吳在電話裏問清了玉蟬的模樣後，便說道：

「這個玉蟬按你說的樣子來看，是真品的可能性極大，價值應該在八到十五萬之間。我們做生意的，需得把價錢壓低一些。」

張老大的話就是要等他回來後，再最後確定。他也不可能就憑電話裏的敘說來斷定這玉蟬的真假。

周濤瞧著李麗焦急的樣子，忽然間有些憐憫，便打電話給周宣，周宣卻又不在家，那個時候，周宣正跟魏曉雨練挨打。

周濤狠了狠心，便給李麗開了一張收條，收下她那玉蟬，先支了她五萬塊應急，讓她先安排她爸爸的住院手續，然後等老吳和張老大回來後再重新定價。

李麗當然是又歡喜又感激。周濤還擔心她一個女孩子拿了錢會出事，就乾脆送她回家。店裏有兩個夥計和老爸在，也不用擔心。

但就在他跟李麗走後，池胖子便發難了。先是來了幾個二十來歲的年輕人，嚷嚷著說周張店裏賣了假貨，隨後又有人報警，沒多久，又來了幾個派出所的員警，東查查西翻翻的。

其實要找碴的話，雞蛋裏自然是能挑出骨頭來的，比如防火設施啊，店裏住人啊什麼

的，又涉嫌詐騙活動，需要帶人回去做筆錄。最後，開了一張兩萬塊的罰單，並勒令在派出所未調查清楚涉嫌詐騙案之前，周張古玩店不得營業和開業。

然後就把周蒼松給帶走了，因為他是目前店裏唯一可以代替老闆的人。

兩個夥計曾強和陳叔華慌了神，趕緊給張老大打電話。張老大一聽說，也是急得趕緊跟老吳往回趕，又惱周宣，錢都多得用不完了，偏偏卻是連一個手機都不買，要找他的時候就是找不到。

這其實也不怪周宣，之前他的手機被海水淹壞了，後來又到了美國，回來後，這裏一趟那裏一趟的，根本就沒有空去買新手機，有空的時候卻又忘了。

不過，周宣在聽到趙俊傑的述說後，趕緊就到了古玩店。

在店裏，曾強和陳叔華把事情經過一說，然後又偷偷把池胖子的事也說了。這事已經很明顯，因為池胖子店裏曾打電話來過，讓周濤他們按著他們的吩咐辦事。

周宣立即便明白是怎麼回事了，沉吟了一下便道：「老二，你在店裏幫著看一下店，我到派出所去一趟。」

人還沒走，周濤又趕回來了，緊接著，張老大和老吳也回來了。

在店裏面，周濤再把事情的來龍去脈詳細說了一遍，又把那玉蟬取出來給老吳瞧。

周宣早運起冰氣把那玉蟬測了一下，確定是漢代玉件不假，只是價值，他就不是很瞭解了。

老吳瞧了一會兒，這才說道：

「這個玉蟬是真件，玉的雕工和年份都是値錢的根據，雕工符合漢時期的手工水準，特別値錢倒是沒有，但實際價値約在十五萬左右。如果以咱們做生意的角度，當然是越低越好，這個沒有一定標準，很多店都沒有明確的定價。不過，不管做哪一行的生意，都要以一個利字爲準；只是，要生意做得長長久久的，還必須以道德道義爲準！」

老吳說的話，別人都不是很明白，但周宣卻是聽得明白，老吳的話其實就是對他說的，做生意跟做人一樣。周宣也沒有再瞧有些囁嚅的弟弟周濤，而是問老吳：

「吳老，那你說說，我弟弟的做法又怎麼說？」

老吳緩緩搖頭，說道：「周濤這種做法，在任何一家店面都是不能讓老闆忍受的，也對正常的生意不利，但爲一個人的道德觀念，我覺得他是一個很値得稱讚的人！」

「那就行了！」周宣擺擺手說，「錢，是永遠賺不完的，在賺錢的同時，我也認爲道德和道義是很重要的。我的意思就是，錢可以賺少一點，但一定不能賺昧心錢。有什麼事我會承擔，況且這種事，我不覺得應該罵他處罰他。有困難的人很多，雖然我們不可能每個人都能幫得到，但力所能及範圍內的要是都不幫忙，那我們跟池胖子又有什麼區別？」

老吳笑笑道：「小周是這個想法那就好。呵呵，我老吳倒是能放心地在這兒幹下去了。

周濤的事，呵呵，那是你們自家的事。」

張老大想了想，站起身道：「這樣吧，弟娃，我名義上是這間店的老闆，派出所那邊的事，我去吧。你們放心，我知道怎麼做，池胖子連賀老三都鬥不過，卻還要來惹我們，他知趣守規矩也就罷了，要是一味跟我們來陰的，就讓他跟賀老三一樣的下場。」

「張老大，你去也好，這樣吧。我先給我一個學生打個電話關照一下，你直接去派出所接人，他們不惹事就好，惹事的話，咱們也來一點狠的，以後在潘家園做生意也好順利繼續。只要是正當的行規，咱們都可以遵守。」

老吳笑笑道：「不過，像池胖子這樣的規矩，咱們就給他打破了，就憑他這點能耐，便把尾巴伸到天上了！」

周宣仍然囑咐了一下張老大：「老大，把我爸好好接回來，沒事就好，有事就定要討個公道回來！」

張老大早給魏海洪把膽兒養得壯了，自己又不理虧，又有後臺，哪裡會怕這麼一個小小的池胖子？想必池胖子也就這點能耐了，否則又怎麼會這麼多年來也鬥不過賀老三啊。

周宣又瞧見老吳走到邊上拿起電話，給他學生打電話，心裏對這個老吳也有些好奇，瞧他面色平淡，對池胖子的事也是輕描淡寫的，估計是很有幾分力量的，不過想想也是，老吳是跟魏海洪有來往的人，也是洪哥介紹過來的，能跟洪哥搭上關係的，想也知道絕不是什麼簡單的人了。

池胖子要是明白人的話，趕緊補救也許還來得及，畢竟周宣也不想把事鬧得太大，做生意嘛，講究的是和氣才好生財，如果到處得罪人，那還做什麼生意。不過以池胖子的腦袋，恐怕是想不透這一點。

周宣拍拍周濤的肩膀，溫和地說：

「弟，別擔心，店是咱們自個兒的，賺了賠了都不管，只要對得起良心，做了便做了吧，那個李麗有困難，咱們也不賺她的錢，你給她定十五萬的價格吧，我跟你一起去給她補回十萬差價。另外，這玉蟬咱們也不賣，就存放在店裏，如果她以後有機會想贖回去的話，咱們還幫她留著。」

張老大率先走了，老吳等人守店，周宣和跟周濤倆人帶了錢又去李麗家。

第七十三章
魚龍藏珠

一進店裏，周宣的眼光盯在一條灰色帶點淡紅的魚身上，
用冰氣測出這魚是不太純種的灰龍魚，不值錢的。
不過，周宣感興趣的不是龍魚的本身，
而是牠腹中一粒小玻璃珠般大的珠子！

李麗並不是京城人，父母在十年前便來這邊做漁具和寵物魚生意，房子是租的，在市場裏的菜場邊角。一間店面，裡間兩進，又在客廳裏用布簾子隔了一個極小的地方出來。沙發搭了一個單人床，隔成一個小房間作爲李麗的房間。

李麗的媽媽才四十多歲，但看起來至少有五十幾歲了，都是勞累過度引起的，臉部模樣依稀有一絲李麗的俏麗。

李麗二十二歲，剛從大學畢業，回家後，才得知父親竟然病到這個地步，又是痛心又是無奈，父母爲了她付出的實在太多了，現在只要能救父親，不論什麼事她都會幹。

店面也不大，只有二十個平方不到，門口邊擺了很多漁具和魚線、魚鉤、漁網、魚食。在店裏面兩邊靠牆的地方，是一個挨著一個的魚缸，裏面有很多種類的魚，最多的一種就是金魚。

周宣一進到店裏，眼光不由自主就投到左面牆邊最裏面的那個獨立的玻璃魚缸裏，這魚缸比較大一些，有兩米多長，一米五高，是店裏面最大的一個魚缸，裏面有十來條魚，樣式各不相同。

周宣的眼光立即便盯在其中一條灰色帶點淡紅的魚身上，那條魚大約有三十公分長，嘴巴扁扁的，一張一合地喝水，張開的時候，嘴巴很大。

周宣用冰氣測出這條魚是一條不太純種的灰龍魚，是青龍的雜交後代，這種龍魚是不値錢的。不過，周宣感興趣的不是龍魚的本身，而是牠腹中一粒小玻璃珠般大的珠子！

這顆珠子裏面似乎有一絲極淡的活躍氣息引動著周宣的冰氣。周宣把冰氣一放出去探測，那魚珠子的形態便映入周宣腦子中。周濤見哥哥似乎給這些魚迷住了，心裏卻想著李麗的事，趕緊提了錢袋子到裏面去，任由哥哥在外面看那些魚。

那顆魚珠子的結構也不是很奇特，珠子裏的成分，全是能讓血液循環和生長加速的有機物，這跟周宣用冰氣啟動人身體機能有些相似，但周宣的冰氣要比這珠子強勁得多，而且珠子沒有思想，他卻是活生生的。

這樣的魚珠，周宣可以說從來沒聽說過，測過後，也覺得這個東西是可以讓人身體活躍的，跟他啟動人體機能略略相近。

就在周宣盯著這條灰龍魚觀察的時候，李麗和她媽媽陪著周濤急急出來了，周濤低低叫道：「哥！」

李麗也趕緊叫著：「周大哥，請到裏面坐吧，房子太窄。」

周宣擺擺手，道：「不用講那麼多，我們也是鄉下來的，大家都一樣！」

李麗的媽媽趕緊泡茶。這個小小的廳裏就擺了一張小飯桌，幾把小椅子，再往裏，一邊是李麗父母的房間，廳的前邊用布簾子隔開了。

周濤早把十萬塊錢遞給了李麗，李麗和她媽媽壓根都沒想到，他們已經給了五萬塊，卻

還要來補上十萬塊，這樣的事確實難以想像。

因爲李麗一早便在池胖子的店和其他的古玩店中，把心情弄得差到了極點，再後來，她根本就沒想過還能以自己心中理想的價格把玉蟬賣出去。只想著只要還能再高一些就行了，但到後來，心裏也漸漸明白，這些店根本就是串通好了，估計都是那個池胖子搞的鬼。

但是後來她到了周濤的那間店裏，對這個年輕的店員卻又有明顯不同的感覺。

首先，周濤便沒有像池胖子那樣給她出低價，打電話詢問過後，還把他詢問的結果告訴了她，最後居然還做主給了她五萬塊。李麗便覺得，這家店跟其他店有根本上的不同之處。

而現在，周濤居然還帶了他哥哥前來，並補上了十萬塊。按道理說，自己的這塊玉蟬就算值十五萬吧，那買家也沒有可能就以這個價買下啊，因爲他們以這個價買下的話，就沒有利潤空間了。

李麗當時便有些疑惑，因爲能這樣做的話，那肯定是有些別的目的，可自己除了這身體外，包括家裏，也沒有其他值錢的東西啊？

周宣聞到房間裏有一股濃烈的中藥味道，心知是李麗她爸爸的藥，瞧著四壁清光簡陋的樣子，瞧得出來這一家子的生活有多拮据，心裏頓時有些心酸。

這是一家人的親情啊，爲了挽救一個丈夫和爸爸的性命而作出的努力。雖然很辛苦，但卻依然不屈不撓地掙扎著。

周宣想了想，便對李麗說道：「小李，你也別忙其他的了，我會一點點醫術，我幫你爸爸瞧瞧吧，希望能幫得上一點忙！」

李麗對周濤和周宣已經是非常感激了，她爸爸的這個病，這兩天她已經查得明明白白的了！

尿毒症實際上是指人體不能通過腎臟產生尿液，將體內代謝產生的廢物和過多的水分排出體外，而引起的一連串腎功能失常，在初期，這個病還能夠治療得好的，但到了末期，基本上就沒得治了。而李麗爸爸現在就是到了末期的症狀。

李麗一說起父親的病，眼淚立刻止不住地往下流。

周濤在一邊有些手足無措，從衣袋裏掏了紙巾出來給她，李麗接過去擦了擦淚水，只是越擦越多，嘴裏卻還是哽咽著道：「謝謝！」

很懂禮貌很可人的一個女孩子啊。周宣心裏對李麗的觀感很好，抬眼瞄見弟弟周濤扭捏又關心的樣子，忽然心中一動，難不成弟弟動春心了嗎？不注意的時候不覺得，這一注意，周宣立即感覺到還真是那麼回事，弟弟的表現確實有些反常。

李麗也沒有說讓周宣進房間裏瞧她的爸爸，大醫院都不能治了，他一個稍懂一點醫術的年輕人又有什麼用？只是心裏還是很感激的。

周宣心裏有了盤算，弟弟是自己親弟弟，可不是外人，他的事又如何能不關心，抬起頭

瞧著李麗說道：「你大學畢業，可以問一下你是學什麼的嗎？」

李麗一怔，雖然想不到為什麼忽然說起了題外話，但還是很禮貌地回答道：「我是商科的學生，主修工商財務管理的。」

周宣點點頭，又問道：「那你畢業後有沒有找工作？或者已經有工作了？」

「還沒有！」李麗搖了搖頭，淡淡的愁容著實讓人憐惜：「一來，好的工作不好找，二來，我也沒有什麼經驗，剛畢業的學生要找到如意的工作是很難的，再主要就是我爸的病，也鬆不開手！」

周宣笑了笑道：「小李，如果我們店請你做財務主管，你願不願意？暫時月薪是五千，如果以後業務上手了，會再增加，其他的福利可以細談，你瞧瞧可以不？」

李麗呆了呆，她媽媽聽到了，也怔得忘記做事了，醒悟過來後趕緊道：「哎呀，這是大好事啊！小麗，還不快謝謝周老闆！」

李麗之所以發呆，她是明白的，周宣這個說法，就是說，她的月薪起碼就是六千以上，這個薪水的級別，在她們一干同學中不算最好，但絕對算是好的。當然，很多同學最想找的，就是那種企業規模很大，發展前景好，比較有保障、有前途的。

本來，古玩店是不在她的規劃中的，她對這個行業可說是完全陌生，如果不是自己想要賣掉玉蟬，那是壓根就不會接觸到這個行業！

雖然周宣和周濤的底細她不清楚，不過，她還是覺得周宣兄弟倆都是好人，從周宣的表情和話語中，李麗感覺不到有半分邪念，周宣給她的感覺就是真誠，溫暖。

李麗也有不少同學剛剛找到工作的，絕大多數都是在兩三千工資的基數上，周宣的話讓她一時猶豫起來。

周宣也說得很明白，工資最低是這個數，工作的性質也很明確，就是做財務，也符合她的專業所學，工資也基本上是滿意的。以她現在這樣的處境來說，那無疑就是雪中送炭的事。

周宣在微笑等著她的答覆，而在一邊的周濤卻是無比的緊張！

周濤壓根兒沒想到，哥哥竟然會提出請李麗到古玩店去做事，心裏頓時狂跳不止，他擔心李麗拒絕，又害怕給別人瞧破心思。

說實話，周濤確實喜歡上了李麗，就在送李麗回家後，看到她這麼一個柔弱的女孩子爲了父親不顧一切的樣子，他就一下子喜歡上了李麗！

可李麗跟他是有差距的，自己只是個鄉下小子，沒學問沒技術，而李麗又漂亮，又是大學生，人家會不會喜歡上，他那還是未知數，而且現在，李麗至少是沒有一點想法的，完全就只是他的一股子單相思。

周濤患得患失的想法，周宣清楚得很，自己的弟弟他能不了解嗎？弟弟既然有了這種念

頭，那他這個哥哥就要出手相助。弟弟雖然是鄉下人，可現在，他也是一個正式的城市人了啊，在自己的安排下，他也是一個有上千萬股份的富翁，李麗雖然是大學生，但愛情的事，誰能說得清呢？也許李麗以後能瞧得上弟弟的善良和樸實呢？

俗話說，日久能生情，自己只要給他們製造在一起的機會，說不定好事就要來了。

再說，自己還有另外的打算。只要自己做出來，就會完全讓李麗一家人感激他，要李麗到古玩店工作，現在瞧來，她還有些顧慮，還在猶豫，但只要自己把她爸爸的病治好，李麗絕對會百分之百到古玩店工作。

想想以後，古玩店的規模做大以後，店裏也確實需要各方面的專業人才，而不是光自己一家人，沒有專業技術人才，家族生意永遠也發展不起來。

李麗沉吟了一陣子，仍然沒有決定好。倒是她媽有些著急，五六千塊錢一個月的工作可不好找啊，像她們家這個魚店，利潤也就在三千左右。加上房租、水電、生活開支，根本就剩不下什麼，而最關鍵的就是李麗爸爸的藥費！

雖然到了末期，治不好了，可李麗依然不顧一切想找到錢給爸爸醫治，哪怕是送他最後一程，她也不想讓爸爸在痛苦中，即使可能會讓她背上一大筆債，她也絲毫不在乎！

周宣微微笑了笑，說道：「小李，現在不用想工作的事，等會兒再說吧，我想給你爸爸瞧瞧病！」說著就站了起來。

李麗明白爸爸的病已經是無藥可醫了，只是想用藥讓他少受一些痛苦，能夠安靜離開，這一陣都沒有去想周宣要給她爸瞧病的事，但周宣一直要求，便瞧了瞧周宣。

周宣的眼神那麼安閒淡定，似乎能讓她的心安靜下來，於是，她就不由自主地讓周宣到爸爸的房間裏去了。

房間裏有一張床，牆邊有一個破舊的桌子，桌上放著一個溫水瓶，屋裏滿溢著藥味。躺在床上的男子就只剩下皮包骨的模樣，嘴唇都是紫青的，臉上滿是鬍渣，整個人看來就只剩下一口氣了！

周宣一進臥室，便運起冰氣探入了李麗爸爸身體內，探了探，便不禁皺了皺眉。

李江富的身體內，腎臟功能幾乎完全喪失，腎臟功能的消失，直接影響到尿液的排出，俗話說，人有幾毒，其中吃的是毒，拉的是毒，尿的也是毒，身體器官的功能便是吸收再消化，排除的毒素遠超出留在體內的毒份，這是身體自身能接受的範圍。

人身上的病有九成九都是從嘴裏吃進去的，病從口入的話是一點都不假，但如果身體內的一些器官消失了功能的話，那些毒和病體便留在體內，達到人體不能接受的時候，就是生病的時候了。

李江富這身體，如果說病重的話，也算是很重了，如果自己不用冰氣幫他恢復的話，可以斷定，李江富的生命絕不會超過一個半月的時間，不亞於當初給老爺子治病。

周宣遲疑了一下，這個病其實比老爺子的還好治一些。雖然都是絕症，但李江富是中毒，腎臟失去功能，排不出尿液，而尿液中所含的毒素便積留在身體裏，形成了尿毒症，冰氣對於排毒治毒和恢復的功能很強勁。老爺子的病是癌症，又是晚期，比李江富的病難治得多。

還有個更關鍵的原因，那就是，周宣探測出李麗家外面店裏那條灰龍體內的魚珠，有這個東西配合自己的冰氣，那會讓自己省力得多。

那顆魚珠，周宣已經感覺到有讓自己冰氣恢復的功能，雖然比冰氣弱了很多，但用冰氣催化一下，再以冰氣啓動李江富體內的身體機能，治療他的病，可以說是比老爺子省事省時的多了。

瞧著李江富的面容，李麗和她媽母女都是忍不住淚水漣漣，一家三口相依爲命，這去了一個人，那還能叫一個家嗎？

周宣爲了做樣子，也就走上前坐到床邊上，把被子輕輕揭開，拉過李江富的手出來，用自己的左手搭在他手腕上，這個把脈的姿勢，周宣還是懂得的，雖然他對醫術不懂，但樣子還得裝得像。

周宣把了一會兒脈，然後才回頭對李麗說道：「小李，你爸的病雖然很重，但也不是沒有辦法醫治。我有一個想法，先試試吧。」

李麗一怔，她爸爸的病，她能不知道麼，那是絕症，根本沒得治的了！難道周宣只是外表善良，其實是個騙子，來騙她家錢的？

雖然她不願相信，但李麗也有些警惕了，咬了咬唇，然後說道：

「周大哥，我爸這病，醫院都說了……你說能治，是不是還要錢？要的話，我也只有你們給的這十五萬了，如果能治我爸，這些錢你就拿回去吧！」

李麗想到的就是這筆錢，但又有些奇怪，周宣明知道她家沒錢了，如果只是貪這十五萬的話，那又何必給她送來？

周宣笑了笑，擺擺手說：「我不要你們的錢，我只是略懂一些醫術，而恰巧懂的又是治尿毒症的，還有，最主要的是這個藥，也是你們自己家的，不是我的！」

「我們家有治爸爸病的藥？」李麗被周宣說得糊裏糊塗的。周宣這樣說，她一開始有點把他想成是騙子，但周宣卻偏偏又不收錢，而且還說治病的藥是她們自己家裏的，李麗完全被搞糊塗了。問道：

「周大哥，你說是什麼藥啊？要是有，別說是一味藥，就是把這個家當出去，我也願意啊！」

周宣搖搖頭道：「沒那麼嚴重，李麗，你到外面店裏，把靠左邊最裏面的那個魚缸裏的那條灰龍魚抓出來，破開肚，裏面有一顆珠子，這顆珠子就是救你爸命的藥！」

李麗又是一怔！

周宣這話說得太奇太玄了，但定睛瞧瞧他，他卻又沒有半分像說笑的樣子，便道：「周大哥……你從來沒來過我家吧，那你又怎麼知道那灰龍肚裏有珠子了？」

「呵呵！」周宣笑著說，「我懂這個，剛才進你家裏時，我在外面瞧了很久，那條灰龍魚就是魚生珠的樣子，其中有些辨識的方法，當然，跟你們也是說不明白的，你把珠子先取出來給我就是了。」

周宣說得正經八百的，加上他的表情，根本不容他們想到這是在說笑。

而在一邊的周濤也是又吃驚又奇怪，哥哥幾時懂得醫術了？不過，他七八年沒見哥了，這回再見面後，只覺得哥哥的面容和聲音都還與自己記憶中的不同了。

李麗的媽一聽說丈夫有治，雖然不大敢相信，但有一絲希望那也讓她心裏顫動不已，這會兒便慌神起來，趕緊拉著李麗往外邊走，邊走邊催著：

「小麗，快快……」

看著李麗母女走出去後，房中就只剩下周宣兄弟和熟睡中的李江富。

這個時候，周濤才用極低的聲音問道：「哥，你真能治……能治李麗爸的病嗎？」

周宣也低聲笑了笑道：「弟，你是不是喜歡這個李麗了？」

周濤一呆，沒想到周宣這麼直就接把他的心事給說了出來，隨即臉刷地一下就紅了，結結巴巴地說道：「沒沒……沒不不……哥……」

周濤說著，又趕緊瞧了瞧門外，有些求饒地盯著周宣。

「呵呵！」周宣笑笑道：「弟，你放心吧，我瞧著這個小李也挺好，又樸實又漂亮，性格也直爽，又不做作，跟現今的年輕女孩很不一樣，跟你嫂子和咱媽肯定合得來。她爸這個病，治是治得好，不過……」

「不過什麼？」周濤有些緊張地問。在他心裏，要是能將李麗的爸爸治好，那他肯定能看到李麗高興有笑容的樣子，至於能不能跟她有更深的關係，雖然想，卻已經不重要了。

周宣伸手拍了拍周濤的肩膀，嘆了聲道：

「弟，你的心思哥明白，雖然說這種事不能強求，但哥在幫你製造機會，最終還得你自己把握。放心吧，這個病，我有把握治得好。」

周濤有些扭捏，但還是說了出來：「哥，現在還是別提這些事吧，能幫她爸把病治好就行。」隨即又道：「哥，我出去看看。」

走到外面的店鋪裏，李麗正拿了短柄的小網子在魚缸裏抓那條灰龍魚，魚缸不小，又有十多條魚在裏面，並不好抓，那條灰龍魚速度很快，每每在緊要關頭就竄出了網子。

周濤上前道：「把網子給我，我來幫你！」

李麗有些發窘，退開來把網子遞給周濤，說道：

「好，謝謝你，這條灰龍是我上大學前，跟爸爸在水產批發市場買回來的，因為灰龍也不值什麼錢，我就自個兒把牠養著，一直養了三四年了。」

周濤到底是男人，手腳靈敏得多，沒幾下工夫便將那灰龍魚給撈了出來，把小網子提出魚缸外時，那灰龍魚還在網子裏顫動不已。

李麗的媽媽用盆子端了一盆水出來，不敢到廚房裏弄，要是一個不小心，把珠子弄到下水溝裏就慘了，雖然不知道到底會不會有這麼顆珠子。

周濤蹲下身子，把灰龍魚從網子裏拿出來捏在手中，李麗又找了一把剪刀，周濤接過剪刀，三個人都盯著手裏的灰龍魚。

周濤右手握著剪刀，沿著灰龍魚肚子上的排泄口，把剪刀口一邊的尖口伸進去，然後一剪，那灰龍魚吃痛，使勁彈動，但小小的一條魚如何能跟人力相比？

剪刀像剪布一般往上剪開，撲撲的聲音中，一縷淡淡的血流散開來，灰龍魚的肚皮被剪破到嘴邊。

周濤放下剪子，然後扒開灰龍魚的肚子，裏面一堆魚腸內臟，和一個像葫蘆模樣的魚漂，在魚漂的旁邊，靠著肌肉的部位，竟然真的有一粒指甲般大小的珠子！

「哥，真有珠子，真的有珠子！」

李麗的媽媽緊緊抓著女兒的手，使勁捏著！

大家原本對周宣的話半信半疑的，而且以李麗爲最，她是最不相信的，因爲雖然感情上希望爸爸活著，就算要她用她的命去換都可以，但她腦子裏卻很明白，爸爸的病已經沒有救了！

但現在，她一顆心也隨即跳動了起來，雖然不敢相信，但誰都沒見過的事情卻發生了，這顆奇特的龍魚珠出現，讓李麗的心也活動起來！

周濤的手也有些顫抖，輕輕把那珠子取出來，晶晶瑩瑩的，顏色白得發亮，就跟蚌裏的珍珠一個模樣，只是想不到，魚肚裏怎麼也能產珍珠了。

他把珠子拿到水盆裏洗了洗，然後遞給李麗。李麗捧在手心裏，一雙大眼盯著這顆珠子，大氣也不敢出一口，就憑在魚缸外面瞧著，就能看出這灰龍魚肚子裏面有珠子，不說治病，就說這份眼力，李麗也覺得周宣太神奇了，能這麼神奇的人，如果說能治爸爸的病，爲什麼不能相信呢？

周濤和李麗的媽媽兩個人如同保鏢似的，保護著龍珠向臥室裏走去。

周宣其實明白，這顆魚珠只是意外之物，如果僅靠魚珠就想治好李江富的病，那是不切實際的。在這個世界上，什麼仙丹靈藥都只是傳說，不是真的。就比如這顆魚珠，只是周宣

碰巧測到了，順便就拿來做自己的擋箭牌而已。

魚珠也只是有啓動身體功能的一些藥用而已，卻沒有起死回生的功能。

周宣只是利用李麗她們母女不知道也不明白的心理，把李江富的病治好後，完全可以把功勞推到這顆魚珠上面去，就算有什麼好奇的人或專家知道，也不足為慮，因為珠子被李江富吃了，無物可以對證。

李麗捧著珠子進了房間裏，周宣瞧見她們母女和弟弟周濤都是一副緊張的樣子，忍住了笑意，伸手拿過珠子，然後道：

「小李，再拿一個碗和一支勺子過來。」

等李麗又急急把勺子和碗拿過來後，周宣接到手中，把珠子放到碗裏，又用勺子把珠子用力一壓，「啪」的一聲，那珠子就在碗裏碎成了粉末。

李麗倒是忍住了沒說話，李麗的媽媽卻是「啊喲」一聲叫了出來。

這個珠子的粉末跟蚌殼裏的珍珠粉末很相似，雪一樣白，沒有半分雜質，房中瀰漫出一縷淡淡的香味，聞起來特別舒服，這讓李麗和她媽媽又相信了幾分。

周宣又道：「我要溫水！」

李麗的媽媽趕緊把桌子上的水瓶提起，揭開軟塞子，周宣等到碗裏的水有小半杯的時候便叫道：「好了！」

從碗外面的手指感覺到，水瓶裏的水溫度並不太高，不是很保溫。

周宣用勺子調和著水溫和珠子粉末，估計溫度在二三十度左右時，便把碗勺子遞給了李麗的媽媽，說道：「阿姨，你把這珠子水給大叔餵下去。」

李麗趕緊幫忙，從她媽手上把碗接過來端著，她媽又坐到床邊上扶起李江富，用手捏著他嘴，將嘴巴張開了一道縫。

李麗端著碗湊上前去，她媽媽就一勺子一勺子的把粉末水給李江富餵下肚中，直到餵完。

李麗的媽媽十分小心，連一滴水也沒漏掉，對她來說，這可是有錢也買不到的東西啊。

待餵完後，李麗母女退開來，又讓周宣上前，周宣依然用左手把脈，似是把脈的樣子，其實卻是在用冰氣催動激發著李江富身體的機能，然後把珠子粉末的藥性催發出來，讓胃部吸收，麻煩的一點就是腎臟功能的恢復，這可是要靠冰氣實打實地幹了。

冰氣在李江富的腎臟中來回運動著，有一大部分的細胞已經壞死，根本就沒有功能作用。周宣還得運冰氣將它逼落，又激發生長功能，重新長出新的細胞來，那個珠子粉末倒是起了一些作用。

周宣這個過程進行了十來分鐘，外表仍是以把脈的形態繼續著。

李麗和她媽媽還有周濤都是奇怪地瞧著周宣，一個把脈的動作就持續了十來分鐘，瞧不

出這有什麼名堂。

只是見到周宣卻是很累的樣子，閉著眼把脈，額頭上的汗水涔涔而下。

李麗趕緊出去拿了一條毛巾過來，在周宣額頭上輕輕拭擦，當毛巾一挨到周宣額頭時，周宣一下子就睜開了眼，鬆開手，接過李麗手中的毛巾，笑呵呵地說：「我自己來吧！」擦了擦汗水，然後又道：

「小李，你爸的身體太虛弱，剛剛那龍魚珠粉的藥性催發出來，藥性一到，等一會兒可能就會醒過來，腎臟功能會恢復一些，醒過來後，肯定會排尿，等上完廁所後，再給他喝點稀粥。吃小半碗就好，明天可以增加一些分量，慢慢增多，過幾天我再來瞧瞧。」

周宣這樣說，李麗母女都不敢相信，因爲李江富的尿毒症到了晚期時，腎臟功能完全消失，根本就排不出尿來，在醫院時，醫生是在小腹上開了個口子，直接從腸子上接了條管子排便的。

到後來，實在付不出高額的住院費用，又是無藥可治的晚期，李江富不想拖累原本就貧困已極的家裏，一定要出院，反正是個死，就省些錢在家裏死吧。

所以周宣說一會兒李江富醒過來後會排尿，母女兩個人都不太相信。因爲李江富根本排不出來。卻不知道她們跟周濤在外面取珠子的時候，周宣就已經用冰氣調理了李江富的腸胃腎臟，後來餵了珠粉藥水後，又治療了一番。

實際上，這個時候的李江富已經跟一個正常人沒什麼區別，只是身體還很虛弱而已。

而周宣也不想做得太過分，直接把他身體調理到好就沒有必要了。因爲這樣反而會引起李麗的猜測，二來也太損耗自己的冰氣，只要把李江富的病先治好了，讓他慢慢恢復身體就行了。

周宣也不再多說，率先走出臥室，周濤當然得跟著他。

第七十四章

情竇初開

弟弟追到這個清純女大學生是完全有可能的。
一個最重要的原因，弟弟是個極憨厚的人，

自家人的經濟條件和人品都占齊了，還有什麼不好的？
自己再安排時間和機會讓李麗和弟弟接觸，
誰說她就不會喜歡上他呢？

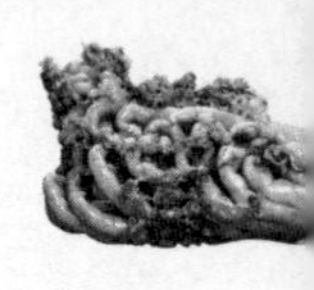

兄弟倆到外面的店面裏坐著，瞧著魚缸裏的魚和漁具，卻是無話說，周濤在擔心著李麗爸爸的病，也不知道到底有沒有作用。

沒過幾分鐘，倆人便聽得房裏一聲驚呼，聽聲音是李麗媽媽的聲音，接著，又是碗掉在地上打碎的聲音。周濤忍不住站起身就要衝進去，周宣一把拉住了他，說道：

「算了，別進去，你進去了也不方便。」

周濤怔了怔，隨即又慢慢坐下來發呆。

周宣聽到李麗媽媽的聲音雖然是驚呼，卻是有驚喜的成分在裏面。應該是李江富醒了過來，要上廁所，所以李麗跟她媽驚訝失聲了。

雖然周宣已經說過了，但她們並不相信，不過李江富一醒過來，倒真是要上廁所，而且很急，這不由得她們母女不信。

上完廁所，李江富說了句：「肚子好餓！」這時，李麗跟她媽媽才真正欣喜若狂，又上廁所又要吃東西，那可不是一個末期尿毒症病人會有的事，現在這個樣子，說明了什麼？

李江富雖然說要吃東西，但還是太虛弱太累，躺著喘氣歇息，李麗的媽媽趕緊出來到廚房裏給他弄粥。

李麗呆呆地出來到店中，望著周宣又是驚訝又是發怔，也不知道說什麼好。此時正是無聲勝有聲，周宣也不說話，笑了笑，拉了周濤出店。

李麗醒悟過來後，又急急追了出來，叫道：

「周大哥，周大哥！」

周宣回身擺擺手：「小李，好好照顧你爸幾天吧。等你爸身體好起來，再考慮別的事。快回去吧，我們就不打攪你們了！」

李麗望著他們的背影，好久還待在那兒。

周濤本是想回頭瞧瞧，又擔心周宣笑話。周宣伸手拍拍他，安慰道：

「弟，有自信一點，只要你喜歡，就要有信心把她追到，咱周家的男人，沒有辦不到的事。放心吧，我保證李麗會到咱們店裏來工作的。」

「可是，她，」周濤明顯很不自信，囁嚅著道：「她是大學生，而我……」

周宣笑呵呵地說：「你嫂子漂亮不？」

「漂亮，嫂子就跟畫裏的仙女一樣，又漂亮，心地又好！」

周濤老實地回答著。

「那你哥我學歷高麼？」周宣瞄著周濤笑說著，「你嫂子家庭背景好，又是美國名校畢業的，你哥我呢，只有高中學歷，可你嫂子爲什麼就非要跟著我？」

「這個……」周濤抓抓頭，也有些不解地說著：「我哥人好唄，還能有啥？」

「那不就得了！」周宣拍拍他肩頭，「你也一樣，只要有慧眼的女孩子，都會看得見

的！」

周宣還有話沒說，在他看來，弟弟追到這個清純女大學生是完全有可能的。一個最重要的原因，根據現有基礎，弟弟妹妹不久以後的資產都會過億，而且弟弟又是個極憨厚的人，自家人的經濟條件和人品都占齊了，還有什麼不好說的？自己再安排時間和機會讓李麗和弟弟接觸，誰說她就不會喜歡上他呢？

搭車回到店裏時，在店門口便見到店裏有不少人，張老大和老吳也都在。父親周蒼松坐在客座首位。其他還有四五個人在邊上，其中還有一個穿警察制服的中年男子，這幾個人他都不認識。

張老大一見到周宣，趕緊就拉了他到座位邊坐下，介紹道：

「這位就是我們周張古玩店最大的股東周宣，也是周張古玩店的老闆。」

那員警和另外一個稍胖的中年男人都趕緊站起身來，臉上堆著笑臉，伸出手來，一邊做著自我介紹。

「我是周玉成，是這邊派出所的所長。呵呵，有些誤會，誤會。」

另外那個稍胖的中年人等周宣跟周玉成握手後，趕緊湊過來，訕訕的伸手道：

「周老闆，我是池藍山。誤會誤會！」

這個就是池胖子？周宣不動聲色跟他握了握手，然後坐下來讓弟弟周濤泡茶。

池胖子趕緊站起身道：「我看還是小弟我做東，大家出去吃一頓，熱鬧熱鬧吧？」

周宣看池胖子眼神中又是擔心又是謙恭的樣子，不用說，這傢伙肯定是受到了極大的驚嚇，不知道是張老大露了洪哥的身分呢還是怎麼的，反正，只看池胖子和周所長的表情，肯定是受到了極大的壓力，否則絕不會有這個結果。

周宣又瞧了瞧父親周蒼松，渾身上上下下倒是整整齊齊的，問道：「爸，你沒事吧？」

周蒼松趕緊搖頭道：「沒事沒事，好好的！」

周宣主要是看父親周蒼松有沒有受到委屈，看樣子還好，否則這事情就沒那麼容易商量了。既然沒什麼事的話，周宣倒也不想把事情鬧大，畢竟是做生意的，和氣才能生財。

其實周宣還真是估計錯了，張老大是有心給魏海洪打個電話的，但事實上，打電話的倒是老吳。

老吳的圈子中有許多很有分量的人，周宣和張老大並不清楚。老吳在大學執教數十年，桃李滿天下，學生中有很多位高權重的人，也有很多學生家庭是豪門世家，他打的這個電話，便是很早期的一個學生。他是京城公安廳的一個高級主管，家勢顯赫，雖然不如魏家老爺子那般的名聲，但也是了不得的身分，本人又才四十歲左右，是家族栽培的重點，前程遠大著呢。

老吳給這學生在電話中一說，這位學生對老吳這個老師的人品，是半分也不懷疑，當即就給下面分局打了個電話，分局又趕緊給派出所打電話，一層一層逼下來。

周蒼松在半路上也沒受到什麼太差的待遇，雖然帶他的員警都不太客氣，但一到派出所，就都變了，好茶好座待著，哪裡還審問筆錄的，倒是那幾個鬧事的傢伙給帶到周蒼松面前，當著他的面自扇耳光，然後一個個給周蒼松道歉。

所長周玉成更是把周蒼松當祖宗一樣供著，然後又親自開車送他回來，再把池胖子叫過來，狠狠訓了一頓後，又讓池胖子給周蒼松和張老大賠禮道歉。

在派出所的時候，周玉成就給池胖子打過電話，罵得他狗血淋頭的，說他不長狗眼，不把人家的底細摸透就胡亂發瘋，這周家是能惹的嗎？還好他也有點關係的，上面分局來電話時，也稍稍透露了些，這命令可是廳裏直接下來的電話，叫他把眼睛睜大點，別亂捅婁子。

周玉成在古玩店中又跟周蒼松套交情，什麼五百年前是一家，一筆寫不出兩個周字來。周蒼松耳根子軟，早鬆了口氣，再說，他也沒什麼經驗，一個派出所所長在他眼裏可是大的不得了的官，這樣的官還跟他這麼低三下四的熱呼，哪還有什麼過不去的。

周宣笑了笑，打一巴掌再給一個甜棗，這倒是最好的辦法，要真是只顧出惡氣，把周玉成給捋下去了，那一樣會來個趙玉成、錢玉成、孫玉成，而且還沒交情，說不定三天兩頭又碰上了，雖然他不怕，但老是出這樣的事，對生意肯定是有影響的，還不如跟這個周玉成搞好關係，讓他知道自己這邊是得罪不得的。凡事自然也就不敢來碰他們，這樣不是更好。

再說池胖子，也是一樣，現在他肯定知道，潘家園這兒可不是他說了算，做生意，也沒必要趕盡殺絕，只要他以後不敢來惹到他們周張店，那就是最好的結果。

周宣想了想，當即道：「我還有其他事。這樣吧，爸、張老大，你們去吧，池老闆這麼有誠意，又有周所長的好意，不去是不給人家面子了。呵呵，是吧！」

池胖子和周玉成都是連連直點頭稱是。周宣雖然不去，但能讓他父親和張老大這幾個人去，那就是表示不會計較今天發生的事，不怪罪他們了，這也是一種應承，哪有不歡喜的！

池胖子叫人開了車過來，周玉成也不便開著警車到請客的地方去，那樣就不是請客了。

張老大也把悍馬開了出來，讓周蒼松、周濤父子倆上車，接著又請周玉成一起。

周玉成和池胖子一見張老大開出來的這輛悍馬車，頓時一怔。特別是周玉成，悍馬車的價值還不說，這輛車的車牌卻是讓他吃驚不已！

這車裏面隨便拉出一個來，人家伸個小指頭也把他掐死了，他如何不驚？

張老大自個兒還不知道，這車確實好，洪哥送給他以後，啥費用都不用管，上街隨便往哪兒一停，交警都當他是透明的，瞧都不瞧他一眼，罰款罰別人的，他的車就當是不存在似的。

張老大得了好處，只以爲是普通的軍牌，因爲在地方上，交警一般是不得罪開軍用車的

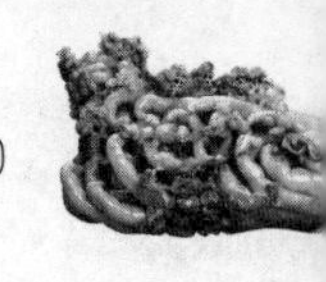

人。

池胖子跟周玉成互相對望了一眼，都是暗暗心驚，池胖子更是懊悔，一幫子手下都是吃屎的，這都沒查到，讓他來捅了這麼一個大馬蜂窩！

此事已罷，周宣跟他們做別後，獨自一人搭車回家。家裏，老娘、傅盈、周瑩，還有劉嫂，都捧著商家的廣告宣傳單挑選著自己喜歡的東西，顯然都在爲周宣和傅盈的婚事準備著。

周宣又是高興又是愁，跟傅盈的婚事是早就盼望著的，只是瑣事太多，太煩人。想了想，周宣又溜了出來，搭車到洪哥家裏去了。

從洛陽回來後，他一直還沒有去過洪哥家裏，心裏還真有些過意不去，應當去問候老爺子一聲。

在魏海洪家裏，老爺子和魏海洪都在，魏海洪的老婆倒是不在家裏。

周宣一到，魏海洪便欣喜地拉著他坐下，老爺子也瞧著他看了半晌，然後才說：「你瘦了些！」

王嫂端了茶杯出來，周宣謝了謝後，又偷偷瞄了瞄門口，沒看到魏曉晴姐妹兩個，心想，估計她倆是不在這邊住了。

老爺子似乎瞧出了周宣的心思，嘆息了一聲，道：「小周，我問你一件事。」

「老爺子，您請說！」周宣恭敬地說著。

「你知道，我很疼我的孫女兒曉晴。」老爺子嘆息著說，「曉晴的心事我明白，本來你們這些小兒女的事，我老頭子是不管的，但曉晴這丫頭太倔太死心眼兒，轉不過彎來！」

周宣只要一聽到曉晴的事，心裏便會莫名其妙地發慌，因爲他知道魏曉晴對他的感情是真的，而他自己卻只喜歡傅盈，這是沒辦法的事。但是魏家一再提起此事，讓周宣越來越覺得自己對曉晴有所愧疚，似乎的確是自己虧欠了魏家。

老爺子又黯然道：「我也活得夠長了，一輩子戎馬生涯，該過的過了，該見的也見過了，應該死的時候卻又給你拉了回來，這也算是老天爺送給我在這個世上最後的禮物了吧。唉，臨到頭，兒孫滿堂，本以爲無所牽掛了，卻硬是放不下那兩個丫頭，特別是曉晴。」

周宣也默然，在曉晴這件事上，他的確無話可說。

靜了半晌，老爺子終於發話了：「小周，不說你我的情分，就說你跟海洪的關係，你跟我說說，你對曉晴是什麼意思？」

周宣猶豫了片刻，然後才回答道：「老爺子，您老人家也知道，我是有女朋友的，做人不能違背良心，我跟我女朋友是打算要結婚的，我不能一看到比她門第更高的女孩，就背棄她。曉晴是個好女孩，我是遠遠配不上她的，這是大實話，不是我矯情，曉晴對我的感情讓

我受之有愧，請老爺子諒解！」

老爺子半晌沒說話。

其實，老爺子也不是不知道自家女兒的輕重。雖然曉晴對周宣有情，但曉晴的爸媽都極力反對，大家都認爲周宣配不上曉晴，不管哪一方面都差得太遠，在曉晴爸媽看來，周宣和魏家是沒有必要搭上關係的。

只是老爺子愛孫女心切，又見周宣是個難得一見的青年奇才，老爺子便想，以魏家的背景和周宣的才幹，即使現在雙方差距遙遠，但稍加培養提拔，周宣也未必沒有出頭之日。

但到底有緣無緣，老頭子也沒把握。周宣雖然給自己治好了病，但在其他方面，也的確和世家子弟相差太遠，若是他誠心誠意要留在魏家，那就栽培他一下，若是他的心根本不在，還要強求讓他留在門檻朝天的魏家，那就有點多餘了。

周宣一直強調自己很重感情，說自己不能喜新厭舊，拋棄自己女朋友，但越是這樣，老爺子就越覺得他是在消極抵抗和拒絕。

老爺子身居高位，閱人無數，一輩子看盡急功近利的嘴臉，反倒覺得那樣很真實，像周宣這樣一本正經地把感情專一拿出來說的，讓他覺得非常不靠譜。不要說一個無業遊民，就是京城的世家子弟，以他魏家的身分地位，以魏曉晴的美貌，會有哪一個男人拒絕得了？

京城裏喜歡曉晴的世家子弟，可以從東大門排到西大門去，可曉晴就是一個也看不中，她瞧中的人，卻是這麼一個不知天高地厚的小混混，老爺子雖然嘴上不說，但心裏其實也是不太爽。

魏海洪在一旁看著，早明白老爺子的心意，不禁暗道，或許周宣永遠不會懂，雖然是講起話來都是兄弟，但就憑他這樣的人物，想要真的跟魏家結上實實在在的關係，卻也是比登天還難啊。

老爺子什麼人物，自然是拿得起也放得下，嘆息過後，隨即便岔開了話題，說道：

「小周，藍山那邊讓我代他給你謝謝一聲，你這次替他們出了大力，他那邊也不能公開給你獎勵，那份證件，藍山說是你自己保存下來，也許能有點用處，省得時時找人幫忙，有需要，他的電話隨時爲你通著！」

其實，經過了這麼多事，周宣早已明白，可以患難的朋友，未必就能同甘。自己對老爺子和魏海洪以及魏曉晴的誠心是真實的，有行動何必再說明，自己反正也沒有半點貪求。當時自己拼著性命把魏曉晴救出來，她愛上自己也屬合情合理，即使她明知自己心有所屬，還故意爭夫，魏曉雨甚至還跑來暴打圍堵，自己也沒有半點責怪。

但如今從老爺子的意思看來，自己與魏家的關係也算是告一段落了。自己雖然不會跟魏家鬧成仇，但總歸不好意思隨時開口求援了。

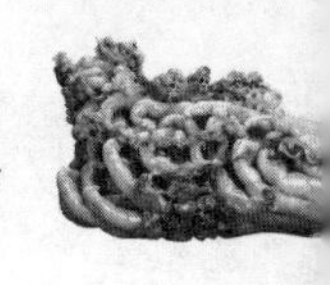

老爺子也是這麼看的。他倒是不會拒絕能替周宣出力的事，但以周宣的性格，怕是終究會漸漸把距離拉遠，畢竟曉晴這事讓兩邊都尷尬，藍山的意思倒是合他的意。

那個證件周宣還沒有用過，但這證件的分量他是清楚的。藍山的這個禮物他當然要收下了，反正自己也替他出了大力，如果不是自己，在洛陽的地底下，誰能活著出來！

周宣點點頭，對老爺子道：「老爺子，這個禮物我就收下了，您替我也向藍山道一聲謝。」周宣瞧著老爺子，笑笑道：「老爺子，我今天來是專門來看您老人家的，以後一忙起來，估計登門的機會就不多了，這次我想再替您加強一下。」

老爺子笑呵呵地說：「瞧吧，我倒是覺得一直挺有勁的，啥事沒有了，好像是年輕了十幾歲一樣！」

周宣微笑著伸手搭在老爺子的手腕上，冰氣探入老爺子身體內。

老爺子的身體確實沒有什麼毛病了，癌細胞是被完全清理乾淨了，身體機能也得到最大的改善，不過人命終有盡，老爺子的身體也達到了極限，不可能再改善了。

周宣畢竟不會仙術，他只能將老爺子的身體功能激發，改善體質，這對年輕人來說，是最好也容易的事，但老爺子畢竟九十高齡了，身體各方面都達到了極限，就像一輛老爺車，你再怎麼擦，再怎麼上機油，時間一到，已經老化的機器還是會壞掉，這是自然規律。老天爺都沒辦法改變的事，周宣怎麼能改變呢。

收回手後，周宣微微點頭，說道：「老爺子，您老人家的身體已經完全恢復，比我想像的還好一些！」

魏海洪最是感激，拍拍周宣的肩膀，嘆息道：「兄弟，老哥我也不謝你了，一朝是兄弟，一世便是兄弟，雖然我更希望能當你的小叔！」

老爺子忽道：「小周，說起你給我治病的事，我倒是還有一件事求你，不過，我想得徵求你的同意才行，可以不？」

「老爺子客氣了！」周宣笑笑說，「您請說！」

「本來生老病死，各安天命，有些事不能強求。」老爺子瞧著周宣的聲音低了下來，側頭望了望窗外，好一陣子才轉頭過來。

「我有一個老戰友，替我擋過子彈的，大大小小的戰役下來，受傷無數，身體裏有七八十塊彈片沒取出來，特別是腦子裏也有一塊，一到下雨天陰天就會頭疼，醫院也檢查過了，他年歲已高，不能承受開刀動手術，小周，你有沒有法子？」

周宣怔了怔，現在的醫學技術那麼好，醫院都不敢開刀了，他有什麼用？自己的冰氣異能應該不能把人身體裏的物質取出來吧？

猶豫了再三，周宣才回答道：「老爺子，您老的事，我只要辦得到，當然沒問題，我可以先瞧瞧，但我不敢保證。像這種問題，我還沒遇到過，畢竟跟您老的病是完全不同的類

型，我沒有十分把握！」

老爺子仍是有些欣然地道：「那就好，那就好，能不能治，那就看天意吧。小周，謝謝你！」

周宣搖搖頭，道：「老爺子還跟我客氣什麼呢，我一家人到這邊來，那還不都是您跟洪哥出力的，只要能幫得上忙的，那還有什麼好說的。老爺子，您老就挑個時間吧，最好就今天，我先看看，明天，我準備到雲南或者緬甸去進一批玉石毛料回來，我打算在北京辦一間自己的翡翠解石加工廠。」

「那好，我馬上打電話，讓人把老李給送到這裏來，你等等。」

老爺子說著，吩咐魏海洪趕緊打電話：「老三，你把電話打通再給我。」

魏海洪趕緊拿起電話撥了號碼，電話一通，便遞給了老爺子。

老爺子把電話筒擱到耳邊，沉聲道：「喂，是我，魏三祝，嗯，老李怎麼樣？我在我老三家裏。這邊有個醫生，趕緊把老李送過來瞧瞧。」

那邊是警衛接的電話，拿魏老爺子的話當聖旨一樣，趕緊通知了老李的家人。

老李名叫李長征，比魏老爺子小了五歲，跟著老爺子一起從戰場上打滾出來的，老爺子做排長的時候，老李是個新兵，老爺子做營長的時候，老李做了排長，總之，是老爺子最重要的手下。

老爺子之所以如此關心他，那是倆人六十多年的交情了，又是兄弟，又是上下級，又是老戰友，老李曾經替老爺子擋過子彈，那更是過命的交情。

解放後，老李身體中還有七十幾塊彈片，腦子中還有一塊彈片，不敢取出來。那時候老李還年輕，撐得住，到後來年紀大了，颳風下雨都會痛，腦子裏的彈片更是痛得不能忍受，經檢查過後，這塊彈片在腦右側入骨三分處，如果老李只有四十歲，那還敢動這個手術，但也只有一半的把握，畢竟受傷的時間太久遠了，彈片已經牢牢與血肉連在一起，如果現在再來動手術，以老李的高齡，手術成功的可能性不會超過百分之一。

半個小時後，老李的車就到了。

送老李過來的是一個年輕的警衛，還有一個五十多歲，穿著高級軍服的男子，有一種不怒自威的感覺。

在他身上，周宣感覺到一種跟魏海峰一般的壓迫感，或許這就是那些手握重權，掌管千軍萬馬的大將軍才有的氣勢吧。

老李是坐在輪椅上給推進來的。從皺著的眉頭便知道，他正承受著無比的痛苦。

老爺子走上前，輕輕握起老李的手，眼睛都濕潤了，低沉地說道：「老李，還能受得住麼？」

老李微微睜開眼來，努力笑了笑，道：「老哥，沒什麼受不受得了的，這麼多年都過去了，呵呵，我也活得夠了。要在以前，我肯定不會也不敢死，我還得跟著你，可現在，天下太平，長江後浪推前浪，我們都是老朽了，就算年輕，咱們也跟不上形勢了，不是我們的年代了！」

周宣聽著老李的話，又是滄桑又是無奈，是啊，人又怎麼能鬥得過天？是人都會死的，人人都會老的。

老李身邊的那個五十來歲的軍官眼睛紅紅的，這時才低聲對老爺子說道：「伯伯，您給我爸找的醫生呢？」

這個人是李長征的大兒子李雷，因為父親病危而趕回來的。

像老爺子這樣級別的老幹部們，只要技術上能允許，治癒可能性大，根本就不用他們來擔心，會有最頂尖的專門醫療團隊來為他診治。但軍醫院都不敢做的手術，國內也就不會再有哪一家醫院敢接了。軍醫院已經彙集了國內最頂尖的醫療專家們，他們都不敢做的，還有誰能做？

所以老爺子打電話說是請了一個醫生給老李看病，李長征的兒子李雷開始是不願意的，但老爺子的威嚴卻是自小就在的，他老人家說的事，只有照辦。

魏海洪的客廳裏只有六個人，老李、警衛、兒子李雷、李長征自己、老爺子、魏海洪，還有一個二十來歲的年輕人，總共六個人，老爺子請的醫生呢？

老爺子當然瞧得出老李的疑惑，笑笑指著周宣說道：「老李，我說的醫生就是我這個小友，小周，周宣！」

周宣很禮貌地向李長征問候了一聲：「老先生好！」

老爺子的介紹，不光是老李吃驚和意外，老李的大兒子李雷也是一樣很意外。

因爲老爺子的威勢和身分地位，他們心裏是明白的，老爺子不可能撒謊欺騙什麼的，但就這麼個普普通通的年輕人，他能有什麼超群的醫術？未免有點太不可想像了。

魏海洪在邊上向李雷低聲道：「大哥，從南邊回來幾天了？」

李雷頭也沒回地道：「剛回來兩天。你也知道，就你李叔這老毛病，三天兩頭就讓我心驚肉跳的，覺也睡不安穩。老三，你最近都在幹些什麼？」

魏海洪倒是有些訕訕不好意思：「沒忙什麼，就瞎跑！」

李雷哼了哼，道：「老三啊，不是大哥說你，你也四十好幾的人了，跟我家老二一個樣，都是不讓大人們放心的！」

魏海洪頓時尷尬地說不出話來。

周宣心裏暗暗有些驚訝。看來這個李雷的身分肯定不一般，洪哥幾時被人家這樣說過？而且還不還嘴。這樣的情景只在老爺子和他大哥、二哥面前才有過。

魏海峰和魏海河，周宣都見過，一個海軍高級將領，一個地方省部級大員，都是位高權重的大人物。這個李雷看來是跟他們差不多，否則魏海洪不會這麼窩囊。

老爺子自然是聽到了，但想必是跟李家的關係不尋常，笑笑也不理。

周宣不去理會，免得洪哥更沒面子，只對老李道：「李老，我先給您老瞧瞧吧。」便伸手把住老李右手的脈搏，閉了眼，把冰氣運出去。本來在這個距離中，冰氣隔空就能測到老李的身體情況，但周宣不想讓別人懷疑，也就正正規規用左手給老李把脈。

老李的身體中，上上下下，除了腦子中那一塊小片外，身體中還有七十六塊彈片，雖然很細微，但都已經在身體的肌肉裏跟血肉長在了一起，被血肉包裹著，無分彼此了。

這樣的情景，周宣小時候見過。不過不是人，而是自家門口的那幾棵樹。

周宣小時候用刀在樹上割了幾條口子，然後塞了鐵條、鐵絲進去，後來那些口長攏了，再後來，周宣長大了，那些樹也長大了，周蒼松砍了樹做木料，周宣再把那塞鐵條鐵絲的地方刮出來，仍然找到了鐵條鐵絲，但這個時候，鐵條鐵絲已經跟樹體牢牢長在了一起，彷彿便是樹身上的一部分了。只是塞鐵條和鐵絲的地方，表面起了一個隆起，便如是長了一個包一樣。

但樹到底只是樹，不是人，沒有人那般活生生的感覺，李長征身上這些彈片雖然跟肉長在了一起，但運勁大了始終會疼，特別是颳風下雨時，就跟天氣預報一樣，疼了就知道天要變了。

這些身上的彈片還好，最要命的是腦子裏的那一塊，從X光片上看得到。彈片是緊緊擦著右腦回溝處，血肉將彈片包裹起來形成一個腫塊，也就是一個腫瘤壓迫著右腦神經。周宣可以感覺得到這腫塊對老李壓迫的痛苦。

這東西離右腦神經系統不是太近，而是緊緊陷在右腦神經細胞中間，動手術的話，肯定是會碰傷右腦神經細胞，別說手術沒有把握，就算手術成功，誰也不敢說老李腦子就沒有影響。

弄清楚老李的狀況後，周宣真是爲難起來。這麼多彈片在身體裏，自己又怎麼弄得出來？

自己的冰氣異能也只能激發人體機能，讓生機更旺盛，有病菌病灶倒是好處理，冰氣能吞噬掉，但這些彈片可就沒辦法啊，又不能把彈片轉化爲黃金，可真是無能爲力了。

周宣睜開眼來，瞧了瞧老李，才對老爺子說道：「老爺子，李老這個問題，就目前來說，我還無法解決，我需要時間來想一想，試驗一下，有結果後，我再來給李老治療。」

老爺子有些失望，但也沒有辦法。只是老李的病不等人啊，醫院的專家都說了，現在腦子中那塊彈片形成的腫瘤已經嚴重到危害生命安全，手術無法做，恐怕這已經是李長征最後的時間了。

唯一的希望，老爺子便放在了周宣身上，雖然還不知道周宣能不能治，但老爺子確實把希望寄託在他身上，希望周宣能接下這個託付。

第七十五章

妙手回春

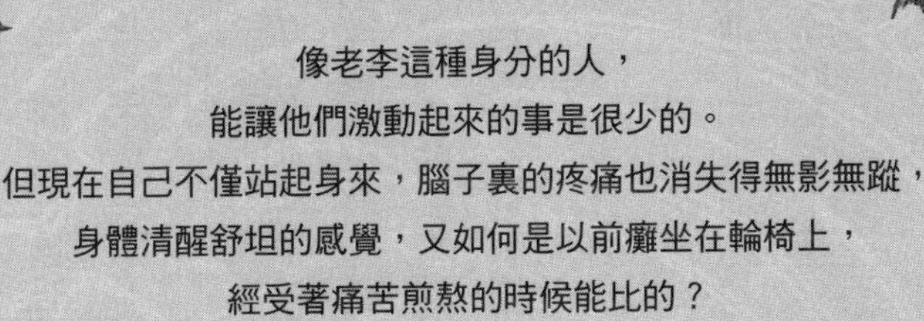

像老李這種身分的人，
能讓他們激動起來的事是很少的。
但現在自己不僅站起身來，腦子裏的疼痛也消失得無影無蹤，
身體清醒舒坦的感覺，又如何是以前癱坐在輪椅上，
經受著痛苦煎熬的時候能比的？

周宣明白老爺子的意思，想了想，說道：「老爺子，我想請李老到樓上的房間裏，我給李老治療一下，雖然不能治好，但還是可以減輕一部分痛楚。」

老爺子一怔，隨即大喜道：「好好，李雷、老三，你們一起把長征送到樓上我房裏。」

老爺子大喜，老李自己倒是無所謂，剛剛聽周宣說不能治，心裏是早有準備，如果不是老爺子的推薦，誰又能信得過周宣這麼個毛頭小子呢？

李雷和老李的警衛更是不信，大醫院，最高級的醫療設備，最先進的技術，最高的院士，這些都不能治療了，就他這麼一個普普通通的年輕人能行？而且看他一身啥都沒有，拿什麼治？要真不是老爺子的推薦，李雷就會拿槍頂住周宣的頭審問了。

但老爺子現在吩咐了，他們只能照辦。李雷則是暗中注意著周宣，如果周宣想要獲取什麼好處的話，那就肯定是騙子。而且被治療的是他父親，有沒有效果他也明白，自己一問就清楚了，做假不得。

李雷是這樣想著的，客廳裏的人中，也只有老爺子和魏海洪是絕對信任周宣的。警衛、李雷，還有魏海洪，幾個人一起抬著老李的輪椅上樓，老李已經處於半癱瘓的境地，這都是腦子裏那塊彈片腫瘤引起的後果。

到了老爺子的二樓房間裏，幾個人把輪椅放下後，魏海洪問周宣：「小弟，要不要把李叔放到床上？」

周宣搖搖頭說：「不用了，就這個樣子就可以，你們都出去吧。」

李雷一怔，馬上嚴肅地道：「不行，我得看著老爸。」

那個警衛也是不同意，誰知道周宣一個人跟李老在一起，會搞些什麼動作？

周宣雙手一攤，無奈地說：「那我沒辦法醫治，洪哥，你說說吧。」

魏海洪還沒說話，李雷伸手一按腰間的手槍，一瞪眼，沉聲道：「好你個小子，騙人敢騙到我們頭上了，你知道我是做什麼的？」

周宣當即沒好氣地冷冷道：「我知道你是個當大官兒的。有些事我不想說，老爺子跟洪哥心裏有數，我也不是求著要給你們治病的！」

要不是這兒有老爺子在，魏海洪又在身邊，李雷真想掏槍出來嚴刑逼供，他幾乎覺得周宣就是個騙子，只是不知道是用什麼方法騙過老爺子的。想來是老爺子年歲太高吧，再說魏老三也就是一紈褲子弟，要騙他恐怕也不是很難。

魏海洪聽到李雷忽然發難，頓時一怔，過後隨即又趕緊急道：「大哥，你別急，我跟你說，我小周兄弟肯定不是騙子，絕對不是。」

這時候，老李倒是強忍著痛楚開口了：「李雷，你給我出去，都出去。」

李雷聽到老子發話了，不敢再出聲，只是依然不想出去，既然覺得周宣是個騙子，又如何能放心把老爺子的身體交給他？

魏海洪卻是一把拖起李雷，連連往房外拉，邊拖邊道：「大哥，你就聽我一回，先出去，有什麼事等一會兒看看再說，聽我的。」

好不容易把李雷拖出去了，魏海洪又對那警衛道：「你幹嘛，快出來！」

那警衛也只得出去，對別人可以狠，但對魏海洪這種太子爺，他們可就狠不起來了。

魏海洪又大力把門帶上。

老李半睜著眼，瞧著周宣，忍著痛楚低聲道：「小周，要怎麼做，你開始吧。」

老李雖然對周宣的治療也不抱什麼希望，但他總覺得周宣不像個騙子。從他清澄的眼神就能感覺得到。而且，最關鍵的是，他絕對百分之百信任老爺子啊！

周宣淡淡道：「李老，說實話吧，如果是衝著剛剛您老的兒子的話，我是不會給您老治這個病的，我完全是看在老爺子的份上。老爺子和洪哥沒有任何條件地幫過我很多，所以只要是老爺子求我的事，我都會盡力。您老也不用考慮其他，我不會收取您任何酬謝，您要感謝的只有老爺子。」

周宣想了想，這才又補上：「而且，我也沒把握能給您老把病治好，至少現在是沒這個可能，我能做的，只是把您老的病情減輕，減到以前的某種程度，不能斷根，不是徹底治好，這個，您明白嗎？」

老李笑笑說：「嗯，我明白。兒子的事，你就不要計較了，他都是擔心我這個老頭子！」

「我知道。」周宣淡淡道，「我明白他也是擔心您老的安全。我在這裏給您治療的事，還請您老為我保密，我不想透露出去。」

老李倒真是有些好奇起來，面前這個年輕人太奇怪了，要說騙子吧，又不像，而且現在是現場治療，如何能行得到騙？治得好不好，有沒有效，那都是自己身受的，如何能騙得到？

「好，我答應你！」老李忽然感到一陣暈眩，腦子裏的疼痛又加劇了。說完這句話，身子便顫抖起來。

剛剛出來時，醫院那邊已經給他打了止痛的藥。就這些藥，那都是從國外空運回來的，價錢和數量都不是普通人能用得起用得到的。

周宣點點頭，不再說話，從老李的表情他便知道，老李的痛楚加劇了，趕緊伸出左手抓起老李的手。

老李很痛，不知不覺中把周宣的手也抓得緊緊的。周宣瞧著這雙手，又瘦又乾，可能是長期受藥物治療的結果吧，藥再好，那也是對身體有害的，是藥三分毒啊！

周宣把冰氣運起，沒有先理會他身體中其他的那些彈片，而是首先對著腦中那塊要害而去，冰氣團團圍起這塊腫瘤，先把彈片處的血管疏通，然後把凝結的血塊化掉吞噬，再把這

些死掉的細胞轉化成極小分量，又從血液中逼出到右手指上面。

這樣連續轉化了十數次後，腦子裏的那塊彈片腫瘤便減少了一半，只剩下極小的腫塊包裹著彈片了，這相當於把老李的病情至少提到二十年前的處境中，雖然還是塊腫瘤，但卻是不會再有劇烈疼痛。

老李不明白周宣到底是怎麼做的，但腦子中冰冰涼涼的，開始那種鑽心難受的痛楚卻是慢慢減輕，到後來完全消失了！

這個感覺是真實的，無論怎麼說怎麼形容，老李自己的身體是有感受的，不管怎麼樣，那劇烈到讓他無法忍受的痛楚已經消失了！

周宣拿了床頭櫃邊的針，這針還是老爺子病好後放在這兒的，這是他的紀念，是周宣給他生命的紀念。

周宣用針在李老的右手食指上輕輕扎了一個口，又用冰氣把黃金分子的血液逼出來，一滴一滴金黃色的血液便滴了出來。

老李很驚訝地瞧著自己的金黃血液滴出來。看周宣滿頭大汗的樣子，知道這番治療可能極耗他的力氣，也就閉著嘴不說話，瞧著他繼續治療。

周宣把含黃金的血液完全逼出來後，這才抹了抹額頭的汗水把針放到櫃上，然後望著老李，喘著氣說：「李老，好些了沒？」

冰氣是可以明白清楚地看到老李的腫瘤減少程度，現在腫瘤的範圍對腦神經的壓迫已經減少到極小的地步了，想必痛楚應該減少了一大部分吧。

這個感覺當然只有老李自己明白，痛楚何止是減少了一些，應該是減到了不痛的境界，又驚又喜之下，抓起周宣的手說：「不是好，是很好，不痛了，腦子裏一點兒也不痛了。」

老李說話間忽然又呆了呆，然後才發覺，自己竟然是站著跟周宣說話的。又怔了一下才忍不住喜悅地道：「我可以站起來了！」

像老李這種身分的人，可以說是泰山崩於眼前都不會眨一下眼。在戰場上見過成千上萬的死屍，人生的悲歡離合見得多了，能讓他們這種人激動起來的事是很少的。

但現在自己不僅站起身來，腦子裏的疼痛也消失得無影無蹤，身體清醒舒坦的感覺，又如何是以前癱坐在輪椅上，經受著痛苦煎熬的時候能比的？

那份痛快舒暢的心情便難以抑止了。不管再怎麼看得穿看得透，在將死的時候又能好好活下來，那種心情顯然是難以言喻的。

好一陣子老李才平靜下來。在房間裏來來回回的又走了幾遍後，才停下來對周宣道：「小周，真的不知道怎樣才能感謝你！」

周宣笑笑，搖搖頭淡淡道：「李老，我早就說了，這是老爺子求我的事，我不能不辦，還有，您身體裏的彈片我並不能取出來，我只是通過一些手段把您腦子中那塊彈片的腫瘤減

小了，那塊彈片依然還在您的腦子中，腫瘤依然還在，這個您明白嗎？」

老李擺擺手，感嘆著道：「小周，不用說其他的，我都明白，你給我的不僅僅是減少痛楚，而是繼續生存的權利啊！到了我這個歲數的人，看得明白多了，古往今來的帝王將相，權勢滔天的權貴，那又怎樣呢？在最痛苦的時候依然會冷冰冰死去，我應該感激你，就算只能再多活一個月，半個月，那也無所謂了，至少我不再痛苦了！」

周宣想了想，老李身上其他彈片，一來是危害性沒腦子中那麼大，就算有痛楚也不是腦中腫瘤那麼強烈，可以往後推一推；二來自己冰氣也有損耗，有些累了，過幾天等恢復好了分幾次治療，對自己對老李都好，便道：

「我明天出差去雲南，如果您有什麼情況，等我回來可以再幫您看看。」

老李欣然道：「好好，沒事沒事。你有空再來治就行。」想了想又問道：「小周，你剛才說要到哪兒？雲南嗎？正好，我大兒子李雷在西南軍區任職，你要做什麼，我讓他出面給你辦了就是！」

周宣聽到老李說得輕描淡寫的，也不問他有什麼事就說讓李雷直接給辦了，似乎在他眼中，就沒有辦不到的事，呵呵笑了笑，道：

「沒什麼事，我做生意，辦點小事，不用您老費心了！」

周宣一口拒絕，倒不是說不願意得到方便，只是沒必要把這個搞成交易一樣。最主要的是，自己靠異能識別，能夠得到真正的翡翠毛料，用不著別人幫忙。就算他要還這個人情，那也得用在刀刃上。

周宣不會在自己最困難的時候不想得到幫助，但也絕不會在不需要的時候讓人家出手，白白浪費機會。現在的周宣已經不是原來那個純樸踏實的周宣了，雖然仍然善良，但絕不會心機簡單。

李雷和魏海洪正在客廳中坐著，警衛在一邊站著，老爺子神情還是很淡定。

李雷是有些焦急，時不時瞧著樓梯口，如果不是老爺子給了他幾句，他倒真是要到房間裏盯著周宣。

老爺子沉聲道：「李雷啊，以前瞧你挺沉穩的，有大將氣度，怎麼現在就這麼沉不住氣了？你這個氣度，又怎能推你上去？」

李雷皺著眉，倒是有些不服地道：「老爺子，這可是兩碼事。」驀地裏瞧見樓梯口處，他爸李長征走在前面，周宣跟在後面，慢慢走下來。

李長征是自己獨自走下來的。雖然慢，但步子卻很沉穩，周宣在後面跟著慢慢走下樓來，也沒有扶著老李。

李雷張大了嘴，一時驚訝得合不攏嘴來！

李長征是因為腦子中的腫瘤壓迫腦神經而導致半身不遂，腿部屬於半癱，特別是最近這幾天，腦子中腫瘤發作，生命垂危，李雷是接到通知後，急急從軍區趕回來的。本以為這次是跟老爺子的最後一次見面了！

周宣到底還是給了老爺子莫大的驚奇！

李長征穩穩踏著步子走下樓梯，表情輕鬆，臉上只是激動，卻沒有半分的痛苦，這是所有人都看得出來的。

李長征走到客廳中後，也沒理會眾人的驚訝，自顧自在客廳中又走了幾圈，一邊走卻是一邊嘆著氣。

李雷終於忍不住顫著聲音問道：「爸，您，您怎麼樣了？」

「你眼睛長著是幹什麼的？」老李哼哼著道。

在這小房子中，恐怕也只有老李跟老爺子敢這麼說李雷這個大軍區副司令員。

李長征對李雷說道：「李雷，把眼睛放亮一點。」伸手指著周宣，「小周就是我們李家的大恩人，是你老子的救命恩人。瞧你剛才對小周的態度，老子就想揍你一頓！」

李雷怔了怔，哪裡見過父親用這種口氣跟他說話？一直以來，他都是他們李家的驕傲，是李家最傑出的二代人物，李長征一直是以他為驕傲的，像剛才這種粗暴的語氣，那可真是從來沒有過。

但李雷隨即明白，這個周宣絕不是他表面看來的那麼簡單！以老爺子和他父親的頭腦，就算是年紀大了，那也不可能隨便被騙倒的，再說，父親現在不是好端端地走出來了麼？能讓父親不痛楚，好好走路，那就比什麼話都要來得有力，這就是最好的證明！

李雷只是怔了一下，隨即趕緊上前緊緊握著周宣的手，沉聲道：

「小周，之前的事我向你道個歉，很對不起，也請你不要計較，別的話我現在也不說，以後你就是我李雷李家的大恩人！」

「不用這麼客氣！」周宣淡淡地說了聲，但對李雷這種一是一，二是二，對就是對，錯了就是錯了的性格倒是很欣賞，兩相比較，雖然同是高級將領，這個李雷倒是比魏海峰討人喜歡一些。

李雷看到自家老頭子好得跟常人一般，心裏的高興那可不是一點點，心想：周宣既然能把他家老頭子的痛楚消除掉，並且還奇蹟般的能走起路來，這份能耐又豈可以用不一般來形容？軍醫院的設備和技術他可是明白的，這醫院設備是專門爲國家元首專設的，所有的設備和人員都是國內最頂尖的，人家都說不能治療的，卻給這個普通模樣的年輕人治好了，那能說明什麼？

李雷可是明白得很，打定主意，以後無論如何得跟周宣搞好關係，老爺子年事已高，要

全靠老爺子的情面來辦事，那萬一老爺子有個三長兩短，還不就斷了這條線啊？

李雷伸手拉著周宣坐下來，笑呵呵地道：

「慢慢再說吧，你看，老人家現在是好好的吧，你也有時間來慢慢想這個問題，我看你也有些累了，這樣吧，我帶你去個地方休息一下。」

魏海洪有些發怔，李雷剛才還是一副要吃人的樣子，始終認爲周宣是個騙子，但轉眼間卻又比他們任何人都更親熱的對待周宣，以前可沒見過李雷大哥這樣啊！

老李倒是有些欣喜起來，兒子對救命恩人好，那自然是他願意見到的。

只有老爺子淡淡搖了搖頭，心裏有些黯然，大兒子魏海峰雖然職位略高於李雷，但爲人剛愎自用，不懂圓通；二兒子在政壇上倒是頗有建樹，但也是因爲有他這個老傢伙頂著，要是自己以後去了，海峰的處境也不是那麼妙。以他那個性格，要再上一步，難處不小啊！老爺子嘆息著。

周宣當然不知道老爺子這許多想法，而這時，李雷對周宣充滿了好奇，似乎只想把周宣從裏到外翻出來瞧個明白清楚。

周宣心想，既然跟老爺子和李長征都說明白了，想必也能跟李雷說清楚。自己的秘密倒是不擔心曝光，如今只要說是自己掌握一些秘傳的古老醫術，應該就可以搪塞過去。

周宣確實有些累了，便對著熱情的李雷說道：「謝謝你的好意。不過我確實累了，想回家休息休息。我今晚還要準備一下，因爲明天要去雲南！」

說到這裏，周宣忽然又想起一件事，側頭對魏海洪道：「對了，洪哥，我還有件事要你幫幫忙！」

「你說，我馬上辦。」魏海洪笑呵呵地說道。

「我明天要去雲南邊境進一批翡翠毛料回來。洪哥也知道，我那古玩店開業可是空蕩蕩的，我準備進一批毛料回來，自己請工匠解石自己做。翡翠的前景和現況還是不錯的，我想請洪哥幫我辦一下護照什麼的，以備進到緬甸去。」

魏海洪笑著正要說馬上辦，李雷卻一把把周宣拖著往外走，說：

「小周，就這事你還要求老三？你啥也別管，想要辦幾個人的？把名字給我就行了。呵呵，你要去雲南，跟我一起去吧，省事！」

魏海洪怔了怔，他可沒料到李雷竟然會有這樣的動作，實在跟以前他印象中那個嚴肅沉穩的李副司令有些不相符。

老爺子倒是笑了笑，擺擺手道：「隨他去吧，小雷倒是有眼力。呵呵，長征，我們老哥倆倒是難得聚在一起，今兒個，你就在老三這兒，咱哥倆好好聊聊吧！」

李長征也欣然點頭，其實他心中也有很多事想問一問老爺子，同外人不好說，但跟老爺子倒是可以聊個通透。

李雷有警衛開著車一起過來的，老李的警衛就留在魏海洪這兒。

周宣跟著出來，守在車邊的警衛一見到李雷跟周宣出來，趕緊把車門打開，等他倆上車後關上車門，然後才轉到另一面上車。

車倒不是特別豪華的車。周宣上車之前注意了一下車牌，這車也是軍牌。

李雷上車後笑笑說：「小老弟，你看是先吃頓飯再去哪兒呢，還是……」

「李將軍，謝謝你的好意，我哪兒也不去了，回家準備準備行李，明天就趕往雲南。我那店準備要開業了，我得抓緊時間弄點貨回來。」

周宣婉言謝絕李雷的邀請，畢竟跟他還不熟，再說，李雷年紀五十多，又是高級將領，自己只是普通老百姓，也沒有什麼可談的話題，又道：

「李將軍，李老身體還不是很好，我只是減輕了他的一些病痛而已，你還是陪著他老人家吧，你要真謝我，送我回家就好。」

周宣稱呼李雷時，也不知道要怎麼說，猶豫了一下，乾脆叫他李將軍。職位級別到底如何周宣也搞不清，但他畢竟一副威武模樣，叫伯父、叔叔什麼的都不合適，也叫不出口。

李雷倒也是猶豫了一下，雖然想把周宣拉去聯絡一下感情，但周宣一口謝絕了，也不好強求。再說，老頭子的事確實也讓他放不下心。周宣既然這樣說了，李雷猶豫了一下，也就順水推舟了。

伸手拍了拍周宣的肩膀，李雷笑呵呵地道：「小老弟，好，今天就依了你，等老爺子身體好些了，咱們哥倆好好聚一聚！還有啊，從今往後，咱們就是老哥小弟，你叫我一聲大哥吧，我排行也是老大，別叫得那麼彆扭！」

周宣倒也是爽爽快快叫了一聲：「那好，我以後就叫你李大哥了！」

「呵呵，這才像樣！」李雷拍了拍他，又問道：「你要辦幾張出境護照？」

周宣略一思索便道：「兩張，一個是我的，一個是我老鄉趙俊傑。」

周宣之所以帶趙老二去雲南也是有原因的。因爲趙老二剛剛從家裏過來，對業務不熟，對古玩玉器尤其不懂，但又絕對信得過，做幫手是最好，不用擔心洩露自己的秘密，容易糊弄過去。而張老大呢，目前古玩店得有他撐著門面，他不能隨便走開。

李雷吩咐警衛將車按著周宣說的，開到了宏城花園的別墅外，直接叫周宣把他和趙俊傑的身分證拿給他就行。

趙老二還不明白怎麼回事，傻了一陣後才問：「你怎麼把身分證給了別人？幹什麼啊？」

周宣自然不會向他說明李雷什麼身分，笑笑說道：「老二，進屋去。」

一邊走，周宣一邊又說：「我明兒準備到雲南一趟，去進一些翡翠毛料回來，你跟我一起去，剛才把身分證給朋友幫忙辦護照，如果需要到緬甸的話，咱們得辦好護照才能入

境。」

趙俊傑呆了呆，好一會兒才醒悟過來，大喜道：「弟娃，你說啥？到雲南？還要出國到緬甸？」

周宣笑呵呵點著頭，把趙老二帶去走這一趟也好，熟手熟路以後，自己沒空的話就可以讓他代勞，再把解石廠給他算上一點股份，一年的收入也水漲船高，當成自己的事業幹起來更有勁。

當然，現在這事還沒影，也不必跟他說起。

趙俊傑聽後很是高興，一來這兒就有事做，而且是美差，出差旅遊一樣的，雖然不知道有沒有收入、收入怎麼樣，但瞧著張老大的樣子，弟娃絕不會虧待他。

下午周宣沒有出去，傅盈、老娘金秀梅和劉嫂一起買了許多菜回來。

周宣看著傅盈跟老娘忙進忙出的，忽然心中有種很溫馨的感覺。看到這些情景，周宣就覺得自己需要做得更努力，現在可不像以前了，有一大家人需要他來支撐，這個家需要他頂起來。

周宣又想到弟弟周濤和李麗，忍不住笑了笑，這事倒是不急著跟老娘說起，免得她又心急，說不定還要跑去瞧瞧人家大姑娘，搞不好會壞事。

得先穩下來，讓周濤跟李麗發展一段時間，看看倆人有沒有緣分。能行最好，實在沒有緣分，那也不能勉強。周宣擔心的就是怕弟弟受到傷害，但瞧李麗並不像別的那些女孩那麼虛榮，自己也挺喜歡這個女孩子的。

吃過晚飯，李雷的警衛就把護照和身分證送了回來，另外還有兩張機票，是到雲南保山市的，周宣要去的是與緬甸邊境接界的騰衝縣。

騰衝就是保山的下屬縣，是雲南與緬甸玉石批發買賣最大的兩個邊境區域之一。周宣並沒有明說到哪裡，但李雷當然一聽便知。他可是西南軍區的副司令員，對邊境上的事情哪有不熟的，所以馬上就知道周宣要去的是什麼地方，乾脆把機票也送了過來。

趙俊傑捧著護照和機票就只是發呆，長這麼大還沒坐過飛機，當然也更加沒有出過國了，這說走就走，還真是有些不習慣。一下子沖上了天，又住大別墅，又坐豪華轎車，去哪裡還有人給幫忙辦護照飛機票，這可實在超出他的想像！

傅盈卻是又皺著眉頭問道：「怎麼又要到雲南？要去就給我也訂張機票吧，我要一起去。」

「你看，又任性了！」周宣伸手捏了捏傅盈嬌柔俊俏的臉蛋兒，笑笑說：「我去雲南進一批原石毛料，我準備在北京這邊開辦一家解石廠，自己供應翡翠，然後再請幾個老手工匠自己做，這樣可以慢慢把店面發展擴大，我們一大家人，我得努力掙錢，苦誰也不能苦著你

們！」

傅盈一聽，臉上緊張的表情倒是沒了，但仍然不願意一個人留在家裏。對傅盈來說，只要不是跟周宣在一起，那就是她單獨一個人。

哼了哼，傅盈又說：「我要跟你一起去。」

周宣嘆了嘆道：「盈盈，你看這機票也是朋友送的，只有兩張，就我跟老二的，你就在家準備婚禮的事吧，我一回來就找洪哥過來，咱們就準備結婚了！」

傅盈只要一聽到結婚就臉紅，周宣趕緊趁熱打鐵：「我得快些跟你拜堂成親，免得別人把你搶走了！」

「呸！」傅盈嬌嗔道：「淨瞎說，誰也搶不走我！」

「誰搶我跟他拼命！」周宣笑嘻嘻打趣著。傅盈現在被他吃得死死的，又溫柔又爲他著想，周宣只要一動這招，傅盈立馬敗退。

不過，那也得看是什麼事情。這些沒有危險的事當然好說，如果是像上次洛陽那樣的事，便是說什麼她也不會答應的。

周宣自己估計也是沒有什麼麻煩。無非是到雲南騰衝一帶瞧瞧，看看能不能弄到好毛料，能不能打通路子，進行長期交易，最多是測不到有翡翠的毛料，進不到貨，除此之外，別無危險。

第七十六章

貼身保鑣

在機場大廳裏，有兩個穿迷彩軍服的士兵來接機，
見到鄭兵和江晉就迎上來，
然後又齊齊向周宣和趙俊傑行了個軍禮。
倆人的聲音很大很響，引得旁邊一些旅客都拿眼
盯著周宣和趙老二，不知道這麼年輕的兩個人是什麼首長！

晚上也沒有收拾什麼，周宣用行李箱裝了幾件換洗的衣服，其他什麼也沒帶。趙老二卻是一夜沒睡好，早上起床，兩個眼圈烏黑黑的，周宣知道這傢伙是太興奮了，自己以前一樣也經歷過，好在要做的事都不要緊，有他好好休息的時間。

吃早飯的時候，周濤倒是很難得地跑回來了，看到周宣時，樣子有些扭捏，欲言又止的，似乎是想跟周宣說什麼。

周宣知道他有事，笑笑說：「弟，跟我到樓上來一下，我有事跟你交代。」

周濤趕緊跟在他後面，還偷偷瞄了瞄老娘、妹妹、傅盈幾個人。

周宣頓時明白，肯定是李麗的事了，要是店裏其他事，周濤肯定會當著大家的面說的，而不會像現在這樣躲躲藏藏的。

到了二樓的客廳中，周宣坐到沙發上，然後才笑笑說：「是不是李麗要來店裏工作了？」

周濤怔了怔，隨即道：「哥，你怎麼知道的？我發覺你比以前聰明了！」

周宣笑罵道：「有像你這麼說自己哥哥的嗎？就你那躲躲閃閃的表情，猜不到是李麗的事才怪呢！」

周濤臉一紅，聲音也低了下去，囁囁著道：「哥，李麗今天早上忽然就來了，說是要在我們店上班。」

說著瞧著周宣，臉紅得跟豬肝一樣，後面的話也說不出口了。

「說吧，還有什麼事？」周宣笑嘻嘻地說著，「哥都在背後給你頂著呢，想要追求李麗就去追，別把自己看得低了，知道嗎，就憑你那百分之十的股份，你的身價都超過一千萬了，以後還會漲得更多，知道嗎。要有信心，我的弟弟可不是普通人能比的，李麗要是明白，喜歡你，那才是她的福氣！」

周濤頭低得更低了，臉也更紅了，連脖子上都紅了。

「哥，她，李麗說要請我們到她家吃頓飯，說她爸真好起來了。雖然身子還很虛弱，但已經能起床，能小走一會兒，能正常吃喝拉撒。她來我們店裏，就是她爸她媽要她來的，說是人要懂知恩圖報。」周濤囁囁著又說道，「她來店裏後，按照你說的，她幫小瑩管理財務，正忙著呢。我看到她就……就發慌。所以就跑回來了！」

周宣不禁又好氣又好笑，自己這個弟弟，居然怕女孩子怕成這個樣子，喜歡人家，又不敢跟她在一起做事，這怎麼追？

周宣站起身收起了笑臉，喝道：「你呀你呀，馬上給我回店裏！」

「我，我。」周濤望著周宣，有些可憐。

「你給我立刻消失！」周宣沒好氣地道，「你要不走，我就跟媽說，讓媽去出面，你可知道媽的本事，不把李麗變成咱家的兒媳婦，她就不會罷手！」

「我走，我走還不行嗎！」周濤趕緊往門外溜。要是老娘去，那小事也變成大事了，搞不好把李麗給嚇跑了，那自己更是難受。雖然有點膽怯，但能每天瞧著她，跟她一起做事，那可像神仙一樣，總比她離開古玩店好，在心底裏，自己是想她來店裏工作的。

機票時間是下午一點半的，現在才只有九點半，還有四個小時的時間。周宣也不急，就讓傅盈開車送他和周濤到古玩店去。

賀老三倒了後，池胖子冒了一下頭，卻又迅速的縮了頭，其他的店雖然不知道到底是發生了什麼事，但都明白，池胖子之前給大家通過信。就是李麗那玉蟬的事。

但玉蟬給李麗拿到周張店賣了，這無疑是捋了池胖子的虎鬚，也見到池胖子動了手腳，派出所的人也來帶走了周張店的人，但後來周玉成所長親自把周蒼松送回來了，池胖子也孫子似的趕過去，又請吃飯。雖然別的人沒有見到池胖子說了什麼，做了什麼，但都能猜測得到，這個周張店，那是不能碰的！

別的店，連池胖子都鬥不過，又如何敢跟周張店過不去？幸好有了這麼一件事，如今的潘家園新街，大家都安心各自做各自的生意，也沒有人幹以前那種惡性競爭的事了。

張老大還不知道周宣今天便要到雲南去，聽周宣說了才怔住，問道：「弟娃，怎麼說走就走，也不準備一下？」

「有什麼好準備的？」周宣笑笑說道，「再說，現在店裏緊缺貨源，我早去早回才好。」

張老大有些爲難地道：「但是我跟老吳還沒出手夜明珠和那些祖母綠啊。錢還沒有準備好呢！」

「就這事爲難？」周宣笑著搖搖頭，「我銀行賬上還有兩億的現金。錢不是問題，這次去，我只辦了老二的護照，本來我們三兄弟一起去，玩樂一下是最好，但現在店裏有了這個規模，也走不開人。所以你得守著了。」

張老大也有些懊悔，跟周宣一起的樂趣自不用說，但現在店裏也確實走不開，營業方面還好有老吳，但店外的業務他可不在行，周濤和周蒼松就更不用說，兩個夥計也當不了這個事，今天才來的李麗又只是個學財務的。

說起財務，張老大又狐疑地道：「弟娃，你搞什麼鬼？那個李麗，我瞧著怎麼有些不對勁！」

「怎麼不對勁了？」周宣倒是奇怪了，問道：「我瞧她倒是挺好的一個女孩子，又是個大學生，咱們店可是缺少真正的人才，財務方面，小瑩還上不得台。」

張老大笑笑說：「我不是說李麗不好，我覺得不對頭的是，二弟周濤跟這個李麗好像不對勁。」

周宣呵呵一笑，道：「老大，不得不佩服你的眼力啊，我跟你說吧，」向左右瞧了瞧，

見沒人注意，才低聲對張老大道：「老大，周濤喜歡那個女孩子，我也瞧著不錯，所以有心撮合，你在店裏還要給他們製造點機會啊！」

張老大一愣，隨即哈哈一笑：「你這傢伙，說到底，這個店還是搞成了咱們一家人的，也好也好。我瞧小李跟一般的女孩子確實不一樣，很樸實，大方不做作，人也漂亮，跟二弟能搭配！」

周宣一坐下，李麗就給他倒了茶水，然後恭恭敬敬地說：「周大哥，不不不，我應該叫你周老闆了，謝謝你，我媽說想請你跟周濤兩個人吃頓飯，自己做的，就想表示一下心意！」

周宣見李麗這個表情，笑了笑道：「你別這樣叫我，聽著怪彆扭的，我做什麼都好，就是做不來老闆，張老大才是老闆，你還是叫我周大哥順耳。呵呵，吃飯的事，當然沒問題，不過要過幾天，我今天要到雲南去進點貨，回來再說這事好不好？」

李麗眼圈一紅，低聲道：「周大哥，我爸真的好了，我媽陪他又去醫院檢查了，我不知道怎麼謝謝你！」

「呵呵，不用謝我，要謝，就謝你家裏那條灰龍魚吧，是龍魚裏的那顆珠子救你爸的！」周宣順口就推開了這事。

但感謝的事卻是明擺著的，如果不是他的話，就算有那條龍魚，有那顆珠子，他們家也發現不了啊。再說，就算有，也沒有人能知道這顆珠子就能救她爸的命，說到底，周宣依然是他們家的恩人，只是周宣不想讓他們曉得他是用異能救的人，把原因歸結到那顆珠子上無疑是最好的理由。

周宣瞧了瞧在一邊偷偷瞄著李麗的周濤，笑笑又問道：「小李，在店裏工作還習慣嗎？有什麼不習慣的，需要什麼，就跟張老大和周濤說，別客氣，以後就把這兒當成自己的家！」

李麗卻是誠懇地回答著：「我覺得挺好的，很習慣，店裏的工作也容易上手，工作量暫時也不大，什麼都才開始，很好上手。周大哥你放心，我一定會把這兒當成自家的事來做，我媽說了，人要知恩圖報。」

周宣說讓她把這兒當成自己的家，張老大和周濤可都是明白他這話裏的真正意思，當然，李麗自己倒是不明白的。

「以後別提什麼知恩圖報什麼的，記著，你在這裏做，那是你喜歡做的，任何事情都不能違背你自己的意願去做，你要明白這一點，知道嗎？」

李麗眼睛頓時紅了，有些哽咽地道：「我知道了！」

周宣又囑咐了張老大幾句，然後才跟著傅盈離開店裏。

在半路上，傅盈一邊開著車，一邊斜睨著周宣，哼了哼說道：

「周宣，你們店裏新來的那個小姐不對勁！」

又是不對勁！

「有哪裡不對勁了？」周宣似笑非笑地說。

傅盈哼道：「不對勁就是不對勁，你對她太好了！」

「哦，怎麼個好啊？有比對你還好啊？」周宣笑問著，然後又嗅嗅鼻子說：「嗯，我怎麼好像聞到了一股酸味呢！」

傅盈忍不住伸手敲了一下周宣的頭，罵道：「酸你個大頭鬼！你當我傻啊，瞧你跟周濤兩個鬼鬼祟祟的樣子，是不是給二弟找了女朋友？」

周宣一怔，隨即誇道：「唉，我老婆實在是太聰明了，看來以後什麼事都不能瞞著你！」

傅盈啐了一口，然後卻是笑吟吟說道：「這個李麗，我瞧也挺好的，又懂事又聰明，回去給媽說一聲。」

周宣嚇了一跳，趕緊道：「盈盈，這可不能說，你又不是不知道媽的脾氣，你一說，她還不跑到店裏嚇著人家小姐啊，再說，人家李麗根本就不知道這回事呢，怎麼樣，那還得看周濤以後的發展，你要先說了，搞不好會壞事！」

「知道啦！」傅盈笑嘻嘻地道：「我只是嚇嚇你！」

周宣一把拉著傅盈的手狠狠親了一口，笑道：「盈盈，我好幸福啊！」

傅盈手一顫，一隻手握著方向盤，車頭在公路上跑了個S形，差點撞到路邊的鐵欄，倆人都是嚇了一跳。

「你要死啦！」傅盈趕緊縮回手來，把車開得穩穩的，這才瞪了周宣一眼，但這瞪眼中的柔情卻明顯多過了兇狠，沒有半分威懾力。

兩個人一路上嘻嘻哈哈開車回到了宏城花園的別墅，只是在別墅門口，卻見到停著的一輛軍用吉普車，車邊上還站了兩個穿著便衣的青年，一個二十四五歲，一個二十七八歲，兩個人都是很彪悍的樣子，站在車邊便像是一根筆直的樹樁一樣。

瞧這樣子，周宣便覺得是看到了阿昌、阿德，不用說，這倆人肯定是軍人。

果然，傅盈一停車，那兩個人就徑直對著周宣走過來，行了一個標準的軍禮，那年紀大一點地說道：「首長，您好，我是奉命來保護您的西南軍區七十九師特種兵七連連長鄭兵，請首長指示！」

周宣呆了呆，問道：「鄭連長？」

鄭兵又行了一個禮，沉聲道：「是，請首長指示！」

另外一個年輕點的，也啪地一聲行著軍禮道：「西南軍區七十九師特種兵七連二十七班

班長江晉，請首長指示！」

傅盈也是莫名其妙的，她可是一眼就看得出，這兩個人絕對是有功夫在身的高手。

「你們是不是搞錯了？我可不是什麼首長！」周宣皺著眉頭說著。

那個鄭兵連長隨即從衣袋裏取出一張照片，將正面對著周宣說道：「首長，我絕對沒搞錯，請問首長是不是姓周名宣？」

周宣訝然點著頭道：「是啊，我是周宣！」又瞧著鄭兵手中那張照片上的人，清清楚楚的便是自己的照片，還真沒錯，想了想，忽然間恍然大悟，道：「哦，我知道了，你們是不是李雷派來的？」

「李雷？」鄭兵怔了怔，問道：「首長，您是說我們軍區李副司令員？」

「難道不是他派你們來的？」周宣見鄭兵的樣子有些驚訝，好像不是裝的，也不禁有些奇怪。

鄭兵搖搖頭，說道：「李副司令員，那可不是我們能隨便見到的，我們是奉了師部領導的命令，昨天連夜趕到京城來的，我們的任務就是保護您！」

周宣頓時訕訕然瞧著傅盈。

傅盈這時倒是真的生氣起來，把周宣拉到邊上，狠狠低聲說：「你是不是又跟那個什麼李副司令員的女兒好上了？好像曉晴那樣的！」

周宣又好氣又好笑地道：「你瞎說什麼啊，那個李副司令我昨天才認識。他有沒有女兒我怎麼會知道，就算有，那也不關我事。」

於是才說了昨天給老李治病的事。傅盈是知道周宣有些特別之處的，在美國天坑地洞中，她受了傷就被周宣莫名其妙地治好了，雖然從來不曾向周宣問清楚，但是卻明白，周宣有些很奇特的能力。

周宣這樣一說，傅盈倒是明白了，這又是一個跟老爺子般的人。不過也好，雖然周宣去雲南沒有什麼危險，但有那邊軍區的人來保護他，那更是萬無一失了，這倒是讓她更放心。

看來這倆軍人倒沒找錯人。不過，周宣想了想，上前跟鄭兵說道：

「鄭連長，不好意思，我想你們還是回去吧，跟你們長官說一聲，我非常感謝，但我只是去雲南進毛料做普通生意，不必勞煩你們了！」

鄭兵卻是依舊站在那兒，沉聲道：「首長，您是兩位一起吧，我們已經聯繫了另外一位首長，行李也都放到車上了，請首長上車吧，到機場只需要四十八分鐘。」

周宣有些無奈，攤攤手說：「鄭連長，真的很謝謝你們，你們就請回吧，我們自己去就可以了！」

鄭兵毫不猶豫地道：「對不起，首長，我們的任務就是保護首長到雲南做好所有事，並安全送您回到北京爲止。請首長上車！」

周宣無語，轉頭瞧著別墅大門口，趙俊傑卻是興奮地站在門口。顯然鄭兵他們是早跟趙老二聯繫過了，這傢伙，有威風的事他可是來者不拒。

周宣尚在猶豫中時，傅盈倒是爽爽快快地道：「周宣，我看也好，人家是任務，軍人的職責就是服從命令，你要是叫他們回去，那不是讓他們違抗軍令嗎？」

傅盈盯著周宣又補了一句：「軍令可是如山的！」

傅盈可是心裏巴不得有兩個身手高強的特種兵保護周宣，本來就沒什麼危險的旅途，那就更不會有危險了，這也可以讓自己更放心。

周宣見鄭兵和江晉一副刀架在脖子上也不會回頭的表情，嘆了嘆氣，擺擺手無奈地道：「好了好了，老二過來，上車走吧！」

上了車，周宣心道，這個李雷，不相信的時候拿自己當騙子，相信了又對自己好得過分。這大老遠的，還特地從西南軍區調來兩名特種兵保護自己過去做生意，倒真是有些不可思議啊。

傅盈要開車送他，周宣攔住了她，拉著傅盈的手輕輕道：「盈盈，好好的在家陪陪媽媽，我辦完事就回來，回來咱們就把婚事辦了！」

傅盈紅暈上臉，低了頭，卻是輕輕嗯了一聲。

周宣瞧了瞧左右，忽然低頭在傅盈臉上親了一口，笑嘻嘻地轉身上了吉普車。

傅盈捂著臉蛋正要嗔怒時，卻見周宣已經上了車，車子緩緩上了河沿小道。

癡了半晌，傅盈心裏忽然隱隱作痛，明知周宣去雲南辦完事，幾天就回來了，可與他分開的心情就是那麼難受，痛得心裏像刀割一般，捂著胸口，沒有哭，眼淚卻是一滴滴的滾落下來！

江晉把車開到國際機場大樓前，早有另外兩名穿軍裝的軍人等候著，江晉把車交還給他們，然後才進入機場候機大樓。

周宣和趙老二根本就沒帶什麼行李，就兩個小箱子，也根本不用他們費心。江晉一人便提了，出力的事就不用他們上前。

在機場候機大廳等了四十來分鐘便到了通關時間，江晉和鄭兵倆人很沉穩，一言不發，周宣也沒感覺有什麼特別，只有趙老二因爲第一次坐飛機，很激動，直到上了飛機後，才稍微好了些。

李雷給的票都是頭等艙的，座位要遠比經濟艙豪華寬大，而且座椅是活動式的，可以放下躺臥。

一般來說，機場規模不夠大的話，是沒有大飛機的，但保山市由於地處與緬甸交接界的地方，下屬騰衝縣又有全國最大的翡翠毛料批發賭石市場，全國各大城市的珠寶商天天雲集

此處，是騰衝最重要的經濟支柱，所以機場規模較爲特殊。

在飛機上，溫柔的空姐給周宣和趙俊傑送上了飲料，等空姐走開後，趙老二就湊過來悄悄對周宣說：「弟娃，都說空姐是所有姐當中最漂亮的，怎麼這幾個又老又不漂亮？」

周宣差點就將一口飲料噴在了趙老二臉上，好不容易才忍住，哼哼道：「誰跟你說了，空姐就一定要又年輕又漂亮的？再說，這幾個空姐又哪裡老了醜了？」

「不好看！」趙俊傑搖晃著頭，嘆道：「不好看不好看啊，怎麼看都不如你家傅盈和曉晴小姐一根手指頭好看！」

周宣乾脆把飲料放到一邊。這個蠢東西也不想想，盈盈和曉晴那種漂亮，天底下有幾個女孩子能及得上？而且，這傢伙竟然對曉晴還是念念不忘的！

三點四十分到了保山。

在機場大廳裏，又有兩個穿迷彩軍服的士兵來接機，見到鄭兵和江晉就迎上來，笑嘻嘻地道：「連長、小班長，車在外邊！」然後又齊齊向周宣和趙俊傑行了個軍禮，齊聲道：「首長好！」

倆人的聲音很大很響，引得旁邊一些旅客都拿眼盯著周宣和趙老二，也不知道這麼年輕的兩個人是什麼首長！

周宣趕緊直擺手，說道：「好了好了，趕緊走吧，以後有人的時候不要叫首長！」

兩個士兵又齊聲道：「是，首長！」

這聲音絲毫不見低。不過，兩個士兵倒是很機靈，不由分說地從江晉手上接過了行李箱。

兩個人開來的也是兩輛軍用吉普。周宣和趙老二坐了一輛，鄭兵和江晉坐了另一輛。車一啓動，上了路後，周宣見那士兵從頭到尾都沒問過他們要去哪兒，奇道：

「你怎麼不問我們要去哪兒？」

那士兵笑嘻嘻回答道：「報告首長，鄭連長去北京接兩個首長的時候，就安排我們兩個在這邊接機，準備送兩位首長到騰衝縣，我們可是這兒的兵，熟得很！」

看來李雷什麼都交代好了，周宣有些無奈，本就是想拋開不必要的人跟著，連張老大都沒帶來，誰知道卻依然弄了幾個尾巴，不僅多了這幾人，而且還全是部隊裏的特種兵，這些兵可是比普通士兵更難招架。雖然現在看起來對自己百依百順的，一翻臉可就難說了。

遠遠看見一片靛麗的建築，不過車還沒開到那裏就轉了一個彎，往另一邊的山路上駛去。

趙俊傑詫道：「那邊好好的市區不進去，往這邊的山上開，幹什麼？」

那士兵趕緊道：「報告首長，那邊的市區是保山市，我們要去的地方是騰衝縣，去騰衝縣就只有這條公路！」

趙老二哦了一聲，隨即又瞧起路邊的景色來，這裏的地勢可是比自己老家那些山高陡多了，公路也挺嚇人的，一面是陡峭的山坡，另一面卻是深溝懸崖。公路是彎來彎去，當真是九拐十八彎了。

周宣晃得頭暈，乾脆閉了眼靠著休息。趙老二卻有一搭沒一搭地跟那士兵扯著話：「你們兩個叫什麼名字？是鄭連長的兵嗎？」

「是，我叫張三。」那士兵回答著，一邊嫺熟地開著車。山路雖然彎陡，但在他手中似乎一點難度也沒有：「我們兩個都是七班的士兵，班長就是江晉。」

趙老二「撲哧」一笑，說道：「你叫張三？呵呵，那一個肯定叫李四了！」

那士兵也笑笑說道：「我那個三不是一二三四的三，是大山的山，我叫張山。跟我一起來的也不叫李四，他叫伍風！」

一路上，驚險的彎道起碼不少於一個半小時，進入騰衝縣城後，地勢才平了起來，綠水青山的，懸崖不見了，倒是跟綠樹蔭中的別墅群一般。

趙老二這才好受了些，路也好了，車也平穩，便問道：「張山，這裏就是騰衝縣城了麼？」

張山道：「這裏還不是騰衝正縣城，確切地說，應該是郊區。騰衝正縣城的房子反而沒有這邊好。」

趙老二倒是奇了：「難道鄉下裏比縣城裏的人還有錢嗎？」

「這個倒是真的，鄉下人比縣城裏的人有錢！」張山點點頭回答著，「因爲鄉下的人有地，正好可以建廠建庫，開玉石批發市場，好多有條件的家庭，都是在自家修建了一個大型倉庫，從緬甸進了大批的玉石毛料，也有打磨出來的原石和玉石成品，當然，打磨出來的價格就高一些了。」

趙老二誇道：「張山，你好像很熟啊，老家是哪兒的？」

張山呵呵一笑，道：「首長，我老家其實是四川的，不過離這邊不算遠，我有個堂叔也做玉石生意，聽他偶爾說起過騰衝這邊賭石的一些事，要說更多，我就不懂了。」

周宣瞇了這一會兒，也睜開眼來。其實在那樣險的山路上打轉，又哪裡能睡得著？伸了個懶腰，然後才問道：「張大哥，你認爲我們是住騰衝縣城裏好呢，還是住這鄉村裏比較好？」

「這個啊，呵呵，我們已經給首長訂了縣城裏騰衝大酒店的房間，就還是到城裏住吧。」

周宣想了想，算了，李雷設定好的事，就依他吧。

第七十七章

冤家路窄

周宣心裏一沉，這倆傢伙不知道怎麼又跑這裏來了，
本來以為這一輩子再也不可能與這倆人相遇，
但今天卻陰差陽錯又見到了，真是冤家路窄啊。
不知這兩個人來騰衝幹什麼？難道也是為了賭石？

在騰衝酒店，張山他們一共定了四間房，周宣和趙俊傑一人一間，張山跟伍風一間，江晉跟鄭兵一間，兩間單人房，兩間雙人房。

周宣在房間裏洗澡換衣後，然後又到鄭兵房間裏，鄭兵跟江晉趕緊規規矩矩站起身。

周宣擺了擺手，微笑道：「你們也別這樣約束，說實話吧，我是來做生意的，你們幾個兵跟著，我能做好生意麼？不過我也知道，你們是因為上級的命令，我也沒辦法讓你們回去，不過我有個條件，希望你們能配合一下！」

鄭兵刷地又行了個軍禮，說道：「是，請首長指示！」

「你看，又來了不是？」周宣皺著眉頭，嘆了嘆道：「鄭連長，你們要跟著我沒辦法，但請你們能不能別露出當兵的身分，扮個普通人行不行？那兩輛車，如果有可能，最好換兩輛普通車牌，不要軍牌。要不然，你們跟到哪兒，哪兒的人都害怕，我怎麼做生意啊？」

鄭兵想了想，當即點了點頭，側頭對江晉道：「江晉，你通知一下張山、伍風，讓他們馬上回去換便衣，再換兩輛普通車牌的車。」

江晉點點頭，隨即拿起手機，一邊撥著號碼，一邊又對鄭兵道：「鄭連，車的事，我看我給保山市公安局那邊聯繫一下，讓他們送兩輛小車過來吧？」

「嗯，這事我來說吧，我跟市局的李副局長、劉隊長他們比較熟，我來說比較好。」

鄭兵當即自己撥打電話。在騰衝這邊，由於毒販等私底下的違法犯罪活動遠比其他內地多，鄭兵他們這些特種兵種跟地方上的員警有很多合作，時間長了就熟了，借兩輛車，那還不是小事一樁。

周宣見他們答應了，也就揮手出了房。怎麼做，也不用他來瞧著辦。

趙老二這個時候睡得昏天黑地的，怎麼推都搖不醒他，興奮過度後，接著就是大疲勞了。

雖然是來到了騰衝，周宣卻是有些摸不著頭腦。這翡翠毛料最大的市場是到了，但市場在哪裡，又要跟誰打交道，這都是沒影兒的事。

周宣這時才發現自己其實太魯莽了，也沒找個懂路子的行家事先問清楚了再來，現在到了才知道，就跟個無頭蒼蠅一般。

想了想，周宣出了房間，到樓下大廳中的櫃臺處，這裏值班的是兩個穿著酒店制服的女孩子，站在前邊的一個身材頗高，臉也算漂亮，就是鼻尖上有幾顆雀斑。

周宣手指在櫃臺的櫃檯上輕輕敲了敲，那女孩子當即微笑著問道：「先生，您有什麼事需要幫忙嗎？」

周宣笑笑道：「我想請個導遊，你們有什麼好的人可以介紹嗎？」

那女孩子笑吟吟地道：「當然可以啊，我們騰衝就是個旅遊區，導遊多的是，不過價錢有高有低。先生，您要個什麼樣的呢？」

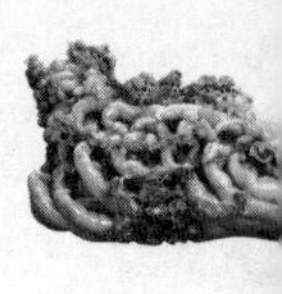

「價錢無所謂，重點是要對騰衝很熟悉。我是來騰衝做生意的，這個導遊最好是要對騰衝這兒的翡翠毛料市場很熟，我要去的不是旅遊區，而是毛料市場。」

在周宣看來，毛料批發市場大小也無所謂，畢竟這些賭石場所的老闆也沒有人瞧得出來哪塊石頭才真有翡翠，場子大石頭多，並不一定就代表翡翠多，有冰氣在手，最好是所有的賭石場都轉一圈。

按這櫃臺女孩子說的，一個導遊就算貴吧，那也最多是百十塊錢一天吧，這個不是問題，周宣只要能測到一塊有翡翠的石頭出來，那就都有了。

那櫃臺女孩子笑吟吟拿起手機按了一個號碼，然後拿到耳邊貼著，通了才說道：「趕緊過來，有個客人要請個懂玉石市場的導遊，你以前不是跟你叔做過毛料廠的嗎，我瞧著正合適！」

說著，又捂著嘴用極低的聲音又說：「客人說了，價錢無所謂，你過來談吧，可以要價高一點！」

周宣冰氣在身，耳朵靈得很，她說得很低，但周宣仍是聽得很清楚，一個字都沒漏掉，笑了笑道：「小姐，我到那邊坐著等一下吧。」

大廳裏靠右邊有套沙發，周宣坐到沙發上，拿起報紙翻開來看。估計是坐了十來分鐘吧，櫃臺女孩子便帶了另一個穿著一身牛仔衣褲的女孩子過來。

這個女孩子留著一頭短髮，猛一看還以爲是個男的，但周宣馬上就瞧出來，打扮雖然有些男性化，卻是實實在在的女孩子，身材好，臉蛋也漂亮，但瞧著這一身打扮和表情，這女孩子肯定是很精明的類型。

那櫃臺女孩子走近了才說道：「先生，您好！」

周宣放下報紙，瞧了瞧她倆人，指著對面的沙發道：「你好，坐下說吧。」

櫃臺女孩子搖搖頭，把短髮女孩子推到沙發上坐下了，然後才對周宣笑道：「先生，人我給您帶來了，對玉石市場特熟，又是美女，還是大學生。嘻嘻，所以價錢也是最高的，到底多少，你們自己談一談，我在上班，先過去了！」

周宣也笑笑道：「好，請便！」等她走過後，才又對對面沙發上的女孩子說道：「想必你朋友都跟你說了我的條件吧，我是來騰衝做毛料生意的，對騰衝的市場並不熟，所以想請一個熟手做導遊。」

那女孩子也點點頭：「她在電話裏說過了，要說毛料市場，只要是騰衝的本地人，一般都知道，因爲我們騰衝就是全國最大的玉石珠寶市場，來的商人、客人都是衝著這個翡翠毛料來的。我是騰衝縣的本地人，我二叔就是做玉石毛料批發的，經常在緬甸來回，我在假期曾經幫忙過，對毛料還算熟悉吧。」

周宣聽這女孩子這樣一說，心裏倒是高興，對這女孩子的印象也不錯，至少不是把自己

吹得天花亂墜的，這點周宣就很喜歡。

「嗯，那好，你需要什麼樣的酬勞？」周宣覺得滿意，那就直接問了價錢。

那女孩子沉吟了一下，然後才道：

「我們做私人導遊的價碼，其實比正規旅遊公司的導遊要高，但懂的人就知道，旅遊公司的導遊通常會把客人帶到他們有聯繫的商家進行購物，他們有回扣，而我們這種私下裏接單的，就不會把客人帶到這些地方，所以價碼酬勞高一些。」

這個周宣當然懂得。旅遊公司的花招，現在可謂是層出不窮，當然，他也不是來遊山玩水的，請導遊也只是個名義，實際上說助手更恰當，價格要高也說得過去。

周宣笑了笑，點點頭，示意那女孩子說下去。

「一般來說，我們這樣的導遊是兩百至六百元一天，薪酬是按天計算的，也就是說，當天完當天結算，如果有特殊的行程和工作，價錢會更高一些！」

周宣笑了笑，從衣袋裏取了一疊百元鈔票出來，鈔票上面還有銀行的手工封紙條，瞧得出來，這是整整一萬塊，封條都沒取開的。

周宣把一萬塊錢推到那女孩子面前的茶几上，微笑著道：

「那就這樣吧。你也符合我的要求，如果你不反對的話，這裏是一萬塊，作爲我給你的報酬。我是做生意的，不是來旅遊，所以你的工作也跟真正的導遊不一樣，我給你一千塊一天吧，如果時間有十天，或者超出了十天，我會再按這價錢補給你，如果沒有十天，那多出的錢就算給你的獎金。你也不用退還給我，這個條件，可以吧？」

那女孩子頓時怔了，呆了好一會兒還沒醒悟過來，他雖遇見過大方的客人，但也沒有這麼大方的，像周宣這樣，事還沒做，報酬就先給了，難道他就不怕自己拿著錢跑了，不再幫他做事？而且這個價錢也比這邊最高的導遊價還高出很多，一萬塊錢十天，做不滿十天不退還，也就是說，如果兩天三天事就做完了，那也是這麼多錢！這樣的好事哪裡去找？

又想著，這個人是不是瞧自己漂亮想幹別的事？但偷偷瞄了瞄周宣，從直覺上來說，又覺得不像，周宣雖然笑笑沒出聲，但她感覺得到，這個人沒有什麼邪念，不過，誰又知道到底如何呢？不是說知人知面不知心嗎？

雖然錢在面前，那女孩子倒是猶豫了半晌，然後才問道：「難道你就不怕我拿著錢走了不來，你怎麼辦？」

周宣淡淡道：「做生意嘛，首先講的是誠信二字，我不是什麼大富豪，但一萬塊錢對我來說也不算什麼，再說，就算你拿著走了，一萬塊錢你又能幹什麼？也許就是一時之快吧，還有一點，我要說的是，如果生意做得順利，我還會給你另外的獎勵。」

周宣瞧得出那女孩子的疑惑，笑笑又說：「另外，你做的事，只是白天帶我們到翡翠毛料市場。我希望能採購到需要的貨，下午通常四五點後你就可以回去了。第二天如果我們還

需要的話，你可以再來。」

那女孩子怔了半晌，想來想去，也想不出周宣有什麼異常奇怪的意圖，便欣然把錢放進包裹，然後道：「先生，需要寫一個合約嗎？」

周宣擺擺手，說道：「不用做得那麼麻煩，嗯，你同意了的話，什麼時候可以開工？」

那女孩子笑笑道：「現在就可以。對了，先生，我姓鍾，名叫鍾琴！」

「鍾情？」周宣念了一聲，有些好笑，這個名字倒是有趣。

鍾琴又道：「先生，我知道你想到哪去了，我的名字是琴，琴棋書畫的琴，不是感情的情！」

周宣笑著點點頭：「呵呵，我知道了。你也別叫我先生，我姓周名宣，你叫我周大哥或者周哥吧，比較方便。老是先生先生地叫，聽起來彆扭。」

鍾琴將皮包提到腿上放著，點著頭說：「好吧，周大哥，你去準備一下吧，我在這兒等你！」

周宣向她微微示意，然後起身往櫃臺走去。

那櫃臺女孩子向他笑吟吟地說道：「先生，談好了？」

「談好了。呵呵，謝謝你。等你有空下班的時候，請你吃飯！」周宣隨口說著，準備到樓上把趙老二叫下來。不過還得看鄭兵他們的車來了沒有。如果還沒到的話，就乾脆租幾輛車。自己倒也不在乎這點小錢。只要有貨源，那就不愁賺不到錢。

那櫃臺又道：「那好啊。我就說嘛，我介紹的人可都是能幹的。你看那邊，剛在你之前，還有兩個日本客人也是我介紹的導遊！」

瞧著那櫃臺興奮的樣子，周宣順著她手指的方向瞧過去，大廳的另一方角落，兩個頗爲英俊的男子正跟一個女孩子談得很高興。

距離遠了，周宣一直沒注意那邊，這時一瞧過去，心裏「咚」的一下！

那兩個人，周宣都認識，一個是藤本網，一個是伊藤近二。這兩個人可都是他的冤家對頭，藤本網是後來在紐約富豪勞倫斯那兒見到的，但周宣給了他跟伊藤近二同等級別的打擊，那三千萬美金的金佛像，不知道到他們手中之後，會是怎麼樣的結局。

藤本網和伊藤近二正跟那名請的導遊聊著，無意中向這邊瞥了一眼。藤本網的眼光與周宣一碰，當即呆了一下，隨即伊藤近二的目光也掃過來，一見到周宣，立刻怔了怔，臉色也變了。

周宣心裏一沉，這倆傢伙不知道怎麼又跑這裏來了，本來以爲那個假金佛像夠他們得一次教訓了，報了一箭之仇也就罷了，還以爲這一輩子再也不可能與這倆人相遇了，但今天卻陰差陽錯又見到了，真是冤家路窄啊。不知這兩個人來騰衝幹什麼？難道也是爲了賭石？

藤本網和伊藤近二倆人分明都是很震驚的樣子，臉色變幻莫測，陰晴不定。

藤本網當初在紐約可是孤注一擲賭了一把，但結果卻是賭輸了。那金佛像在運回日本後莫名其妙變成了木頭，經過仔細檢查後才發現，他們花三千萬美金買回來的寶貝，就是他們自己做出來騙勞倫斯的那個假佛像，藤本網當場就完全傻了！

不管是如何被掉包的，總之，他們手上就只剩那個假佛像了。當然，藤本網和伊藤近二打破頭也想不出會是在哪兒給掉包的，哪個環節出了差錯。

最讓藤本剛想不通的是，那金佛像可是經過他們檢查後，由他們親自搬走的。一直到上船前，周宣和勞倫斯這些人都根本沒有碰過那尊佛，上船後，他倆也一直守著，在船上撒尿拉屎也都是他們兩個輪流替換，要有問題，那只有他們自己兩個人出了問題。

回國後，藤本網就給住友銀行的人逮去，好在他的家族與住友集團高層有千絲萬縷的關係，藤本網家族變賣財產把他的債務償還後，雖然解除了麻煩，但藤本網卻也失去了家族的信任，從此手中無權也無錢。

伊藤近二也是一樣，連平時對他依賴信任的百合子也離他而去。如今，他幾乎是眾叛親離。雖然想不通，但周宣無疑是他的眼中之釘了。

在日本本土，藤本網和伊藤近二已經沒有再度翻身的機會，倆人一商量，便把眼光投向了中國。

藤本網本身是有高學歷的企業高級分子，於是便打著投資的幌子，在國內幾個城市行騙，且屢屢得手。通常被騙的人都是各地方上的官員，即使出了差錯，爲了自己的前程著想，也都是把蓋子捂起來，再東拉西扯塡窟窿去。這倒使得藤本網和伊藤近二兩個人逍遙法外，仍然以換一槍打一炮的法子到另外的地方行騙。

讓他們得以安全的另一個原因就是，他們每次謀求的金額沒有超過兩百萬，都在那些官員可以掩蓋的能力以內。

這次藤本網和伊藤近二兩個人卻是到保山市來投資。近年來，保山的發展飛速，來自國內國外的投資者數之不盡，對於像藤本網這種外資者，招商處當然是高興得很，一番細談過後，藤本網又把目光投向了騰衝。

這更讓市招商局的官員欣喜。因爲來投資的商人們大都把資金投到了騰衝，騰衝與緬甸有一百多公里的邊界接界，通常在邊界線上的城市地區的發展將會更高，而且政府還有稅收等等方面的優惠政策。

藤本網做這個已經很有心得了，越急就越不容易得手，得慢慢把對方的欲望引誘到最大，對方急的時候才容易上手。

藤本網住在招商局安排的騰衝酒店中，拒絕了招商局安排的導遊，卻自己請了一個，借著到處遊玩的時間來吊起對方的胃口。

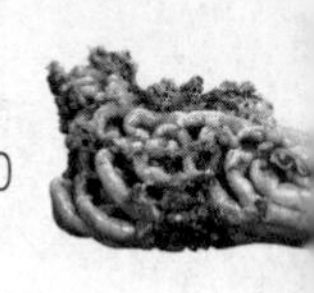

卻不曾想到的是，今天竟然在酒店中與冤家周宣相遇了！

不知道這會不會對他們構成威脅？藤本網驚了一下，隨即又定下神來，周宣又不是神仙，他怎麼就知道他們是行騙的？

逃掉或者裝扮都不是好辦法，倒不如上前打個招呼，瞧瞧周宣來這裏的意圖是什麼，再做打算。不管怎麼樣，藤本網都不相信周宣是知道他們的底細，而來專程破壞他們的好事的！

但伊藤近二對周宣的怨氣很大。在美國天坑底逃命出來後，雙手的手指都被切掉了，成了半殘廢，師妹也棄自己而去，錢財也沒到手。這一切的一切，都與周宣逃不了干係。此刻想起來，自然火大，忽然間見了面，心驚之下，卻又有些眼紅。

藤本網卻是定了定神，然後站起身走過來，笑呵呵地道：「周先生，真是巧啊，在這兒又見面了！」

周宣卻是故意慢了腳步，錯開藤本網伸來的手，只有一絲半分的笑意，還明顯笑不由衷。

藤本網當然心知肚明，笑笑縮回了手。

而另一邊，與伊藤近二在一起談話的那個女孩子，則有些驚奇地看著周宣和藤本倆人，心想：這個人難道跟這兩個日本人認識嗎？

更吃驚的還是那個櫃臺女子，她剛才還給周宣說了，自己介紹了導遊給兩個日本客人，卻沒想到周宣竟然跟這兩個日本人是相識的！

周宣笑笑才瞇著眼睛問道：「藤本先生，不知道你們來騰衝有什麼貴幹？」

「哈哈！」藤本網乾笑著道：「貴幹是沒有的，沒什麼事來遊一遊、玩一玩！」停了停也問道：「周先生來騰衝也是遊玩嗎？」

周宣一凝神間，便即哈哈笑道：「遊玩是副業，賺錢是主業，哈哈，賺錢，賺錢，不賺錢誰來這裏啊！」

藤本網一聽，笑容爲之一滯，強笑道：「是啊是啊，都是爲了賺錢，不賺錢誰來啊，呵吼……」

停了會兒，藤本網試探問道：「周先生，準備了什麼賺錢的門路啊？」

「你們來騰衝，可不會不知道這是什麼地方吧？」周宣淡淡道，「這兒是幹什麼的，我想你們都明白吧？」

藤本網一怔，隨即左右瞧了瞧，放低了聲音，悄悄道：「周先生，我們可是正經生意人，違法的事可不幹！」

違法的不幹？周宣幾乎就想給他臉上一拳頭，瞧他這副樣子，幹的就是違法的事，不違法的事他不幹才對！

這傢伙難道是說他要販毒嗎？周宣一想也就明白了，這邊是國內販毒最為猖獗的地方，藤本網這樣說，顯然故意要把話題扯到一邊，這也越讓周宣猜測這兩個傢伙來騰衝是不幹好事的，自己要沒遇到也就算了，遇到了，那可就絕不能放過這兩混蛋，豈能任由他們在中國的土地上胡作非為！

「呵呵，幹什麼違法的事？我向來不幹那些。」周宣淡淡說道，這傢伙故意裝腔作勢，自己也就給他來個順水推舟：「騰衝最出名的是什麼？呵呵，藤本先生可別想歪了啊，這裏是國內最有名的賭石之地啊！」

「賭石？」藤本網怔了怔，騰衝是翡翠毛料賭石批發基地，這個他來之前，當然是調查透徹了的。但賭石這一說，他也明白，雖然能一夜暴富，但也同樣能一夜傾家蕩產，又沒有人能夠透視進石頭中，誰敢肯定哪一塊石頭就有翡翠了？

周宣既然這樣說，那就是有心把他們往道上引，賭石對行外人來說，那當然是毫不注意，但經歷了現場賭石的熱烈氣氛後，凡是見到過賭漲的幸運兒的人，莫不為那種一夜巨富的夢幻所激動！

當然，賭石賭漲的可能性微乎其微，要引起一個根本不懂這行的人的注意，那還是不容易的，但周宣卻是明白，凡是愛賭的人，哪一種賭法都是一樣，關鍵是要讓賭徒見到幸運的現場，讓他們投入到這種激動中，至於他們動不動心，那就無需理會了。

想來藤本網和伊藤近二又何嘗不是那種一直想一夜暴富的人呢？在美國都曾做了假，而讓勞倫斯鑽陷阱，那次要不是自己，勞倫斯早就上了這個當；在天坑洞底，伊藤近二又何嘗不想獨吞那洞內的珍寶？甚至拿所有人的性命來換取他的脫逃機會，只是，人算始終不如天算，他也終究沒能發成財，沒能遂了心意。

若說那個時候周宣還有些稚嫩，動不了狠心，現在的周宣可不是那個時候了，無論是心機、心眼和手段，那都不是一個菜鳥能比的。從見到藤本網和伊藤近二的那一刻起，他就在想著如何讓這兩個鬼子栽進陷阱中，吃大虧上大當。

不過要讓這倆傢伙上當，栽進陷阱中，那還得一步一步慢慢來。

周宣笑了笑說道：「回國後，我不賺錢也不行啊，所以湊了些錢來騰衝賭賭石，碰碰運氣，興許一不小心就發了大財呢！」

藤本網點著頭，臉上堆著笑意，連連道：「是是是，要想發財那就要賭，人生就如賭局一樣啊！」

「我們這就去毛料場，藤本先生有沒有興趣一起瞧瞧啊？呵呵，去開開眼湊湊興，瞧著我一夜暴富如何？」

周宣有意慢慢誘惑著藤本網，但話語上卻是分毫不提要他們賭的事，只是說邀請他們一起去看他賭石。他們自己賭不賭則無關緊要，也不會有人強逼。

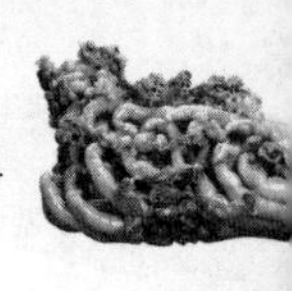

藤本網原本是想趕緊避開周宣，上前說話只不過是爲摸清周宣來騰衝的意圖，現在倒是明白了，周宣就來賭石的，與他們無關。

不過藤本網還是有點放不下心，並不急著要跟周宣馬上分開，反正沒事，跟著他瞧瞧也好，只要自己不跟著出手，那就什麼事也沒有。這邊的翡翠毛料市場自己也聽說過，都是些正當生意，合法的，也不會有什麼危險。

藤本網還在思索著的時候，周宣回了頭，邊走邊說：「隨你們了，我到房間裏拿點東西，出來就走。」

說著也不理會藤本網，這種欲擒故縱的手法最好。

周宣到電梯口等待的時候，又向沙發上等著他的鍾琴微微笑著示意了一下。

在樓上房間裏，周宣把趙老二叫了起來。鄭兵和江晉不用叫，倆人就過來了。他們可是隨時盯著周宣的，即便是周宣剛剛請鍾琴做導遊，又跟藤本網交談，也都落在他們眼中，作爲特種兵精英，對上級的命令哪敢懈怠，所以隨時都是暗中注意著。

周宣問道：「鄭連長，你們的車到了沒有？」

鄭兵點點頭道：「到了，我看到你請了一個導遊，猜想是要出去了吧，所以讓張山和伍風在外面等著。」

「那好，我們現在就下去。」周宣說著又叮囑道：「鄭連長，你們已經見到我在大廳裏的事，請你們保密。」

周宣說到這兒，聲音雖然淡，卻十分嚴肅，又道：「那兩個日本鬼子跟我有仇，我猜他們來騰衝絕不是來幹好事的。鄭連長，我要你們不得暴露你們軍人的身分，你們要跟著我沒問題，但不能壞了我的事！」

鄭兵當即道：「您請放心，我們絕不會壞您的事，我們的責任是保護您的安全，其他的事我們明白。」

趙老二剛剛睡了一會兒，眼睛眨巴眨巴的，周宣說的話也沒聽進去，跟在後面直打呵欠。

到了大廳的櫃臺處，藤本網和伊藤近二以及他們請的女導遊正在等候。

鍾琴仍然坐在沙發上，手裏抱著皮包仍有些發愣，周宣說的事和做的事讓她覺得太突然了，到現在都覺得還沒能反應過來。

當瞧見周宣幾個人從電梯裏出來後，鍾琴趕緊站起身過去迎接。

到大廳裏後，周宣只是略略衝藤本網幾個人點頭示意了一下，然後就將笑容投給了迎上來的鍾琴。

周宣笑著向趙老二、鄭兵、江晉介紹道：「小鄭、江晉、老二，這位是鍾琴鍾小姐，是

我剛剛請的導遊，算是助手吧，對騰衝的毛料市場很熟，我們去哪兒都由她做主！」

趙老二剛剛還是睡眼惺忪的樣子，但一瞧見鍾琴短髮俏麗的模樣，馬上睡意也沒有了，精神也來了，趕緊上前握著鍾琴的小手，說道：

「鐘小姐，你好你好，我叫趙俊傑，是跟周宣一起來做毛料生意的，請多多關照，請多多關照！」

鍾琴跟鄭兵和江晉一握手便即鬆開，卻是這個趙俊傑握住了她的手便不鬆開，當即微笑道：「關照談不上，我也只是一個導遊而已，趙先生您客氣了！」

說著就抽了抽手，卻是抽不動。趙老二握得很緊。鍾琴臉上一紅，又使勁扯了一下，才抽回了手。

趙老二訕訕的，一雙眼就只是看著鍾琴，鍾琴絲毫不引人注意地走到周宣身側，趙老二倒是不好再搭訕她了。

走到酒店外的時候，周宣見到藤本三個人一起也跟在後邊，又瞧到張山和伍風一人開了一輛奧迪在酒店門外候著，心裏倒是有些好笑。這個鄭兵，竟然弄了兩輛奧迪車來，雖然不算是頂級豪華車，但在這兒還算過得去了。

騰衝雖然是小地方，但生意做得大的富豪多得很，豪華轎車也多得很，但這兩輛車可不是跟私人借的，而是跟保山市市局要的，能給這兩輛車，那可是算得上最好的待遇了，車牌肯定是隨便換的，交管方面都是他們自己人，換個車牌還不小事一樁？

周宣轉身對藤本網說道：「藤本先生，我們要去……」說著又側頭瞧著鍾琴。

鍾琴省悟過來，迅即道：「去清水鄉，我們先去清水鄉！」

「對，我們先去清水。」周宣笑笑說著，「不過我們只有兩輛車，想要看我們發大財的話，呵呵，你們只有自己搭車了！」

周宣這邊加上鍾琴，一共有七個人。一輛車坐四個，一輛車坐三個。

張山和伍風兩個人早換上了便衣，一人開一輛車。周宣上了張山的那輛車，鍾琴處處都緊跟著周宣，她可是周宣拿錢請的。

趙老二可機靈得很，也趕緊湊了上去。

鍾琴站在車門邊並沒鑽進去，見趙俊傑跟在自己身邊，就等著她上車後然後也上車，估計是準備把她擠在中間，當即閃開身子，說道：「趙先生，你先上！」

趙老二瞧著鍾琴的俏模樣心癢難搔，要他坐中間也好，笑呵呵就上了車。

鍾琴卻是沒有上車，伸手把車門「啪」的一下關上了，然後走到前邊坐上了副駕駛座。

趙老二頓時傻了眼，瞧著坐在前面的鍾琴，張了口卻是說不出話來。

周宣嘴角邊露出了一絲微笑，趙老二的心事，他哪有不知道的。兄弟長幾根鳥毛都心知肚明，這傢伙，見到漂亮女孩子就心癢癢的。

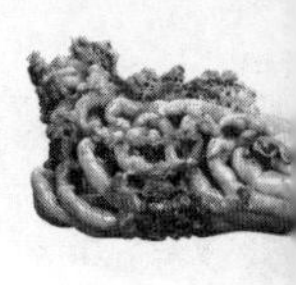

昨晚趙老二還跟周宣嘀咕了一陣，說是徹底放棄了魏曉晴，周宣問他為什麼是徹底，趙老二便答道：「瞧曉晴瞧你那眼神，分明是深情款款的，一個喜歡了別人的女人，再漂亮，也懶得再理了！」

周宣呵呵直笑，不過老二死了這條心，他倒是放了心，趙老二對曉晴有那個心，那是注定要傷心的，好在趙老二自動放棄了，這會兒又對這個鍾琴一見鍾情了，不曉得又會怎樣。又想到鍾琴這個名字，不由得又微微笑了起來。

鍾琴在前面回過頭對周宣說道：

「周大哥，我們要去的第一個地方是清水鄉，清水鄉的毛料市場在騰衝的鄉鎮中，規模不算是最大的，但就是因為規模不是最大的，倒比較適合像周大哥這樣初來乍到的商人，因為清水鄉的毛料市場小一些，可以讓客人挑選，購買量也可以少一些。」

周宣心道，這個鍾琴倒真不愧是一個聰明心巧的女孩子，不光是做導遊，還替他處身設想，要是以後有可能，倒是可以把她弄來給自己做事。

周宣笑笑吩咐道：「你安排，你是我的嚮導嘛，到哪兒都由你做主。」

鍾琴笑嘻嘻地道：「那好，周大哥。我們先去清水鄉後，就再去界頭鄉、明光鄉、北海鄉，最後再去最大的市場，騰越鎮。」

鍾琴指著車窗外說著：「我們騰衝可是個美麗的地方，在歷史上就曾是著名的古西南絲綢之路，在大理中期還設爲騰衝府，明代還建造了石頭城，稱爲『極邊第一家』，要是你們有時間，我就帶你們好好的遊玩一下我們騰衝最美麗的地方！」

對於鍾琴的邀請，趙老二當即道：「好啊好啊，就想看看那地方，鍾小姐有這個想法，挺好的，挺好的！」

挺好個屁！周宣心裏笑罵著，趙老二比自己還大著幾歲，沒有老婆，思春了也正常。二十六七歲的男子哪個不思春？再說，他們又是鄉下人，在鄉下，像他們這般年紀的，兒子都上小學了。

第七十八章 騰衝淘寶

趙老二自然是對玉石毛料一竅不通的，
但又不想失了面子，心想：好壞搞一塊石頭充充數，
反正是周宣出錢，扔個幾百塊錢湊湊興。
周宣笑了笑，冰氣無意中一探而出。
當冰氣探到這塊石頭時，卻不禁呆住了！

清水鄉名字中有個清水，但卻沒有清清的河水，只有一條河，河水有些發黑。

鍾琴帶他們去的第一家毛料商姓周，名叫周波，跟周宣算是本家，但年紀就比周宣大多了，看樣子至少四十來歲。

周波的房子，周宣瞧起來挺有趣的，一個高丈許的圍牆，進了大門裏面後，有一個寬大的廣場。靠左邊是一棟三層樓的小洋房，底樓那一層是周波的辦公間，大廳中像個小公司的模樣，有幾張辦公桌，幾台電腦，還有幾個女孩子，沒一般公司那麼正規的打扮，但都是周波的員工，還有幾個似乎是來賭石的客人，正在交結款項。

在廣場的右側和前端，是一排占地上千平方的一層樓廠房，廣場一側，停了六七輛加長的貨櫃車，另一邊是十多輛各式各樣的小轎車。儘是些名車。比起這些車，周宣他們的奧迪算是最不起眼的。

藤本網和伊藤近二以及女導遊三個人下了計程車，跟在周宣一行人一起，周波的辦公室一個女職員帶了他們往廠房裏走去。

周宣知道鍾琴的叔叔也是做毛料生意的，但鍾琴卻沒有把他們帶到她叔叔那兒去。這女孩子真是挺懂做事的，其實周宣倒無所謂，反正都是做生意，自己買她叔叔的或者別人的，其實都一樣。反正自己都是靠冰氣探測，石頭裏有翡翠的毛料自己才會買，誰跟誰的有什麼區別？

進到周波的廠房裏後，看到的都是解石機，寬敞的廠房裏有二三十個工人。廠房裏堆著的石頭毛料，比周宣在深圳和揚州凌莊見到的毛料加一塊兒都多。當真是翡翠毛料的集散地，名不虛傳啊。

不過，周宣奇怪的是，廠房裏怎麼就只有穿著工作服的工人，卻沒有客人？看外面廣場上那些小車，應該是有不少的客人在附近，人都到哪兒去了？

趙老二瞧著這滿廠房的石頭，嘀嘀咕咕地道：「這些石頭也能賣錢？咱老家要多少有多少。」

周宣正要問是不是就挑廠房裏的石頭時，那個女職員又走到前面，一邊走一邊說：「請跟我過來。」

還要到哪兒？周宣頗有些奇怪，但還是沉住氣沒出聲，只是跟在她後面，鍾琴卻是沒有奇怪的表情，很自然地跟著。

那女職員走到廠房的另一面，伸手推開一扇門，回頭說道：「請！」

周宣這時很詫異，來了廠房裏又要出去，這又是要幹什麼？

廠房的後面，是一個數千平方的大場子，場子裏除了一條長長的汽車通道外，兩邊全是堆積如山的石頭！

周宣待了半天，這就是鍾琴所謂的騰衝比較小的毛料批發商？那大的和更大的又是什麼

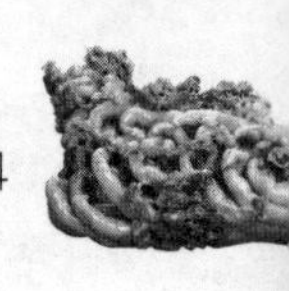

樣兒啊？

場子裏有很多人，都在各自挑選石料。不過，不像是周宣以前見過的那樣一塊一塊買，而是手一指，一片一片地要。

那個職員跟鍾琴先過去，跟石廠老闆周波說了說，然後周波笑呵呵走過來，跟周宣握了握手，說道：「周老闆，你好你好。聽小鍾說了，你是從北京來的？」

「呵呵，是的，周老闆，你這場地不小啊！」周宣跟他握了握手，讚了一聲，這話倒是真心的。把在深圳和揚州見到的賭石場景跟這兒一比，那真跟大城市裏的大超市和鄉村裏的小賣店一般，無法可比。

周波卻是臉一紅，訕訕道：「周老闆見笑了，見笑了，小本生意而已！」

在騰衝一帶，周波的生意的確是小生意，剛剛聽鍾琴介紹周宣是北京來的商人，在騰衝，北京的客商有不少，但周波卻還沒接到過，都是到了騰越那邊的大市場去了。

周波這兒接的一般是內地的二級城市客商，像北京、廣州、上海這些地方的客商都不到他這兒來，確實是有些瞧不起他的規模。所以周波十分熱情地招呼著周宣。

周波瞄了瞄周宣身邊，見跟著的人有好幾個，心想：瞧這個人排場很大，不知道算不算真正的大戶。在他這兒賭石的，最高沒超過五百萬以上的交易，做了這麼多年，周波的身價也只有四五千萬。

基本上他是從緬甸進毛料，擱回自己這兒再轉手，從中間賺取差價，對賭石的凶險他可是清楚得很，要是自己忍不住一伸手，那自己這麼多年攢下來的家業恐怕不要半年就要敗光。

在周波場子中挑石的，都是周邊城市的一些小珠寶商，賭石嘛，都有想一夜暴富的心，但這些小珠寶商都是拼出來的，省吃儉用，狂賭拿命搏的事還是不敢，而從周波這裏賭回去的石頭毛料，雖然百分之九十九點九九可能賭不到真正高品質的翡翠，但差些的翡翠還是能解出不少，因此，他們的主業就是以次充好，加工再高價出售。

在翡翠玉件中，利潤可是沒底的，通常來買的客人都不懂，花個幾百至幾千，最高也就上萬的，都是沒什麼問題的。雖然是底層產品，但利潤可是很高，加上銷售量又遠遠大過高端玉件，所以周波倒也不缺客商，小敲小打也能賺不少。

周宣確實是對毛料市場不懂，周波是在試探他的採購量大不大，如果量大的話，倒是想拉住這個對他來說唯一的大客商，心裏估算著就算價錢再低些都可以。

其實像周波這類二級中間商，在緬甸那邊是接觸不到大的採石礦主以及比較有名的老坑礦主的，所以，他得到的也都是緬甸一些礦源邊緣地帶的礦石，價錢當然也就便宜了。

這就跟其他行業一樣，正品貨有正品貨的價碼，劣質貨有劣質貨的價碼，各有各道，各做各的生意。

不過周宣真的無所謂，他是用異能探測，什麼樣的礦石對他來說都是一樣的，只要石頭中有翡翠就行，否則老坑的石頭又有什麼用？說得不好聽一點，一頭豬拉到鄉下，牠是一頭豬，拉到北京，牠依然是一頭豬，不同的只是身價而已。

周宣審視著廠裏石頭的顏色，這些石頭表面灰白，的確是從外表瞧起來最差的毛料。

周波介紹著：「周老闆，呵呵，你姓周，我也姓周，大家五百年前說不定就是一家人，一筆寫不出兩個周字來嘛，這個生意，做不做得成也無所謂，一回生二回熟，交個朋友也是好的！」

周宣笑笑說：「那倒也是，呵呵，周老闆，既然你這樣說，那你這個朋友我可是一定要交一交了。」

說著，周宣指著這廣場上的毛料又問道：「周老闆，你這毛料是什麼價位，怎麼賣？」

周波一聽周宣這口氣，就像不怎麼懂得玩石的，心裏倒是有些失望，畢竟，不怎麼懂賭石的客商，你要他一下子掏大把錢來也是不大現實的。

但周波還是介紹了行情。至於談成了會不會少價，給不給好處，現在還早了些，看看情況再說。

「這廣場上的毛料，算是我從緬甸拉回來的毛料中比較普通的一種。毛料成色好，有綠的，我都挑出來放到另一邊的廠房裏了，周老闆有興趣的話，可以過去瞧一瞧！」

周宣一聽便明白了，周波這裏就跟他在深圳和揚州見到的一樣，只是場子大得多了，毛料數量也多，而周波的做法卻沒有兩樣，依然是把有綠、質地好的毛料挑出來，這樣，價格就會高了很多。場子中的毛料那只不過是配角，真正的大頭卻在廠房裏，是那些有綠的毛料。

但周宣卻喜歡這裏，從他以往的經驗來看，越是表面有綠，越是看來成色好的毛料，裏面越往往是沒有翡翠的。而在那些灰白色，看來最差的毛料石頭中，卻往往能切出最好成色的翡翠。

當然，成色好的毛料中也不是說切不出好玉，但兩相比較，成本卻是一個在天上，一個在地下。一夜暴富的傳說，往往產生於那些不起眼的劣質毛料中。

周波眼神瞄了瞄周宣身後幾個男的，有些猜測不透，周宣身後的鄭兵、江晉、張山和伍風四個人，一聲不吭。從眼神中便瞧得出來，這幾個人只在乎周宣，對毛料不感興趣。而另一側，藤本網和伊藤近二則明顯像是觀光的，他們身邊的那個女導遊指指點點，一邊低聲介紹著。

周波一聽那女導遊的聲音，就知道她是騰衝本地人，那兩個日本人一看就不像做毛料生意的。周波對賭石的人可謂是知之頗深。但凡賭石的人都跟賭徒一個樣，一進到石場中就跟

賭徒進到賭場中一個樣，兩眼都是放光的。當然，出賭場的時候，他們通常都是身無分文，大多扔在賭石場了。

周波略一考慮，便道：「周老闆，你瞧，這廣場上的石料都是按大小堆放的，我們運回來時，車是過磅的，一車是五噸。我們這兒通常都是一方十萬，算起來差不多是兩萬一噸，這個價格在騰衝可以說是最低的了！」

周波這個話也不假，他這個毛料價格的確是騰衝最低的，但周宣他們可就不知道了，周波的毛料不是老坑出來的，人家老坑出來的價格當然高了，基本上可以到十萬一噸，當然，成色好的毛料，那價格就又是另論了。

周宣瞧著這廣場上數千平方的毛料，心想，就算以冰氣異能來探測，那也不是一時半會兒能測得完、能測得出來的。

於是，周宣想了想，笑笑說：「周老闆，我先瞧瞧可以不？如果我要的話，希望自己能挑出來一些，剩下的不要，我只要挑出來的。」

周波頓時有些爲難地道：「周老闆，我們這兒的規矩是這樣，要，就是這一方，廣場上的毛料，你可以自由挑選，但要的話，起點就是五噸。就算你只要那一方中的一塊石頭，那也是兩萬塊錢。」

周宣當即笑笑，擺著手道：「呵呵，我明白，我說挑出來並不是說要減價，一堆毛料依舊按你說的兩萬，我只是想挑出我要的帶走，不要的就留給你，價錢依然兩萬，不少你的錢！」

有這樣的事?周波怔了怔，幹這行這麼多年，倒是沒見過有這種客人。

但周宣說的條件對他一點壞處都沒有，如何不答應?當即笑呵呵地道：「那當然一點問題都沒有了，呵呵，你們挑你們挑，盡情挑。」

周宣也不客氣，點點頭道：「周老闆，我挑完廣場中的毛料再跟你挑廠內的，你跟別的客人談生意吧。不用管我，我先瞧瞧再來跟你說！」

周波笑呵呵攤開手示意，周宣笑著，自己一個人走到最邊上。

這廣場上的毛料分成兩排，中間一條走道是讓車進出的，有六七米寬，兩邊的毛料堆各自有二十米左右，一條道出頭，起碼有三四百米，整個毛料廠頗爲可觀。

毛料石塊亂七八糟的，有尖有圓，周宣也不方便從石堆上面走過去，就只能從邊上走，他冰氣探測的距離，最遠只能有十五米左右，一方測到邊上又不夠，分兩次又多，不過也沒辦法，只能是這樣子測了，多費點時間，好在也不急。

周宣便如是走馬觀花一般，運起冰氣探測著，一條道走到頭，再從另一邊走回來，接著才到中間道上的另一邊，又是一個來回，花了約有二十分鐘。

周宣測到，數千平方的石料中，含有翡翠的並不多，不過那是相對深圳和揚州的石場，

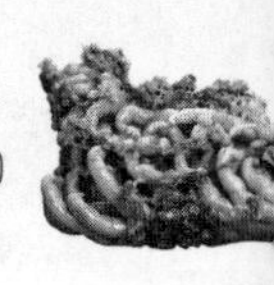

那又好得多了。

周波這個地方，周宣剛測出含有翡翠的毛料幾乎就有三四百塊之多，只是沒有測到像上次在深圳賭到的那種極品玻璃地。

這裏的翡翠大多是油清地、蛋清地之類的級別，其中也有十來塊冰地翡翠，只是塊頭不算大。但是如果論價值的話，這數百塊的毛料若是解出來，那也是超過兩千萬以上的價值，如果按照周波的價錢說法，周宣要的這些石頭最多也就百萬，算起來也是十幾倍以上的利潤了。只要有利潤就不算不值了。

回過身來，周宣見周波也慢慢踱過來，便笑笑道：「周老闆，能不能麻煩你給我找盒油漆和一枝筆？」

這個東西當然有，周波揮手就讓身邊的工人到廠房裏拿了一盒過來。

周宣揭開盒子，左手提著，右手拿著長毛筆，點了紅油漆，然後又對周波道：「周老闆，麻煩你再叫幾個工人幫幫忙，我點了紅油漆的，你就叫工人把這石料搬出來，你讓那個女職員記一下方數吧，我點油漆的有多少方，我就給多少方的錢。」

規矩是規矩，周波也不客氣，笑呵呵讓那女職員跟著一起。

周波心想，你反正是裝樣子，誰又知道哪塊石頭有翡翠，哪塊石頭沒呢，反正這些毛料顏色也不好，跟普通的灰石沒什麼區別，也就是在這兒，若是在其他地方，這種石頭，送給誰誰都不要，不能吃不能喝，不值錢，扛著還累人！

周宣在前邊，一邊用冰氣測著，一邊又用紅油漆點著石頭，他點一塊，身後的工人就把那石塊搬出來放到中間的空地上，一堆長方形的毛料中，有的一堆能點二三十塊，有的卻只點到一塊兩塊的。

這次幹完活兒，差不多花了三個小時，周宣累，那幾個工人更累。還惹到其他來購石的商人都停下來瞧著周宣這夥人，很奇怪，這種買法，除非你有火眼金睛吧，否則誰也沒有這種把握。

但周宣的樣子就是裝得一副大咧咧的，一副紈褲子弟富二代的樣子。他就是要裝這種表情，讓別人以爲他是個富二代，拿著老子的錢來亂扔的。

那女職員記了數字，這四百多塊毛料是從六十一方石料中挑出來，兩萬一方，那一共就是一百二十二萬。

周宣先從身上取了兩百塊錢出來，遞給那三四個工人，說道：「幾位大哥，剛才也累了，這是我一點小意思，請幾位大哥拿去喝茶。」然後又對周波道：「周老闆，我開張支票給你！」

說著，讓趙老二把背包取下來，拿了支票，塡了一張一百二十二萬的數字，遞給了周波。

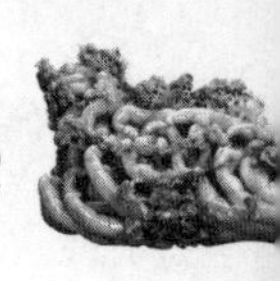

周波卻是拿著支票彈了彈，有些猶豫。

周宣笑了笑，這個他懂，一般對於不熟悉的客人或者是經常交往的熟客，都是不接支票的，畢竟開空頭支票的不少，當即道：

「周老闆，你在這邊熟，你再幫我請一輛長箱貨車，先把我這些毛料裝車。貨車的價錢好說，貴點也無所謂，要運回北京的，這支票是二十四小時到賬，你讓你的人到銀行先兌對，我在你這兒待一晚，明天錢到賬後再發車走人，可以嗎？」

周波隨即釋然，哈哈笑道：「小周兄弟，你這個朋友我交下了！」把支票揣進衣袋中，然後對幾個工人說道：「你過去把廠房裏的工人都叫來，把我們自己的貨車開一輛過來，把毛料裝上車，再鎖上鎖。」

周宣這樣的做法，無疑讓周波的懷疑消失的一乾二淨，這無疑是拿自己當人質，等錢到賬後再拉貨走人。現在貨車是他們自己的，貨又在自己的場子裏，周宣無論如何也拿不走，就是空頭支票也沒有絲毫的用處。除非是瘋子無聊才會幹那樣的事，但周宣瞧起來像瘋子嗎？

藤本網和伊藤近二瞧了這麼久，覺得周宣跟個傻子一般，就這麼些破石頭就花了一百二十多萬？雖然說賭石有一夜暴富的事，但他周宣又不是神仙，怎麼就知道這些毛料石頭中有翡翠？

周波叫工人來把毛料裝完車，鎖上，然後才又讓周宣等人到廠房中去。剩下的一些客商也跟著一起來了。到這個時候，刺激的賭石才開始。周宣知道，整治兩個小鬼子的時刻又到了！

周波的毛料廠房比外面的廣場要嚴實得多，窗戶上都是防盜鐵欄，門也是鐵門，工人打開了廠房裏的燈，把廠房裏照得亮堂堂的。

這間廠房說起來不算廠房，說是倉庫更合適一些。裏面是一排一排的鋼架子，不像周宣在深圳和揚州見到的那種木架子，每一排鋼架上有三層，每一層都擺放了毛料，只是這些毛料顯然與外面的那些灰石頭不可同日而語。

每一塊毛料或多或少都在表層上有綠，塊頭特別大的就放在牆邊一溜兒的地上，這一個倉庫裏的毛料，比周宣在揚州和深圳見到的數量要多了十倍都不止！

在倉庫的另一端，又有大大小小的幾台解石工具，這是方便那些需要現場解石的賭客，某些純粹的賭石玩家在現場賭石後，會要求老闆的工人現場解石。如果第一刀或者第二刀切出比較好的綠來，價格便會大漲。一般玩家就會選在這個時候出手，大賺一筆後，把風險扔給了另外的玩家。

這樣的玩法，其實是為增添刺激，讓人欲罷不能。

隨著一起進來的有四五十人。周宣這一行加上藤本網三個人便占了十個人，其他人都是周波的老客人。

周波吩咐工人把所有的燈都開了，不管從哪個方向，都能清清楚楚看見每一塊毛料。

「各位，我廠裏最好的毛料都在這裏了，大家挑吧，希望各位老朋友運氣好！」

周波拍拍手掌，大聲說了兩句話，然後便笑著走到周宣身邊來。

他主要的心思還是放在了周宣身上。畢竟人家剛剛跟他買了一百多萬的貨，而且一堆料中才拿十來二十塊石頭，剩下的料都留給他，他依舊還能以原價售出，這樣的客人，他如何能不重視？

周波看得出，周宣似乎是意猶未盡。正好，這些成色好的毛料才是周波的重點，廣場上的毛料不過是些小菜，真正的大餐可是這些好毛料。

「小周兄弟，瞧瞧這些貨怎樣？」周波這時對周宣的稱呼也改變了，顯得親熱了許多。

從表面上看，這些貨跟外面的是沒有可比性了，這些毛料，幾乎每塊都是有綠的，只是綠的顏色深淺和大小不同。

周波確實有些炫耀的味道，剛剛在外面，那些灰白石都給周宣花了一百二十多萬買了一大車，那這些有綠，甚至綠意很深很濃的石頭，周宣該會有更大出手吧？

當然，這只是估計，到底怎麼樣，周波也不曉得。

自一進到這個倉庫中，那些客商們便像瘋了一般，各自散開來，瞧著架子上那些石頭，那眼光便像是瞧見了金子一般。

說起金子，周宣倒是怔了一下。如果再來在揚州的那一手，恐怕就不好使了。畢竟藤本網和伊藤近二上次就是上的這個當，如果再見到，也許真就該懷疑自己了。

周宣回身對趙老二幾個人說道：「呵呵，你們都瞧瞧，反正沒事了，看看人家怎麼賭石。老二，你也學學，找一塊石頭賭一賭，以後也有經驗，凡事都有個第一次嘛！」

趙老二詫道：「我也可以賭？」

周宣笑笑說：「只管賭，看人家怎麼玩，你就怎麼玩，賭石的錢我出，別擔心錢。賺了還回我的本錢，輸了算我的。」

趙老二呵呵直笑，這種穩賺不賠的事哪去找？趕緊興沖沖跑開去瞧石頭了。在錢的誘惑下，趙老二把鍾琴都拋到一邊了。

藤本網和伊藤近二也像模像樣地跟著上前瞧石頭，藤本網的中文說得很不錯，伊藤雖然差些，但卻是會說能聽懂，能跟導遊溝通，只是，只要他一說話，人家便立即能聽得出他不是中國人。

周宣運起冰氣，挨個沿著銅架子探測過去，從頭到尾，甚至連那些堆在牆邊一溜兒的大石頭都沒漏過，冰氣過處，石頭無一藏身。約有十來塊毛料中有油青地的玉，質地還不好，

如果以外層的樣子叫價下來的話，肯定得不償失。周宣不由得一皺眉，這樣的情形，對藤本網兩個鬼子的計策就不好實施了。

周宣猶豫著的時候，有一些客商已經挑好毛料由周波叫價了。第一塊毛料開價二十萬，幾番競價後，以六十五萬成交。第二塊毛料綠得好，叫價就是八十萬起。

周宣倒是有些感慨，這裏到底是毛料集散地，價錢可比運回內地後便宜了不是一星半點。就說剛剛這塊比較好的毛料吧，周波起步價是八十萬，這要拿到深圳和揚州那兩處，起始的價位至少不會低於四百萬。

藤本網這時的興趣才起來了，眼睜睜瞧著這些拼命叫價競爭的客商，雖然他跟伊藤還沒有參與進去，但無疑已經感受到了賭石的火辣氣氛。

不過周宣卻明白，藤本這兩個鬼子雖然感受到了賭石的氣氛，卻還沒有見到一刀生一刀死的刺激，沒有經受到那種一夜暴富的感覺，沒有那種頂級的刺激，他們的賭性是拿不上來的。

「一百七十萬！」

「我出一百八十萬！」

「兩百四十萬！」

瞧著這一番競價，周宣越發著急。這批毛料中都沒有翡翠，他也沒有辦法憑空變出來啊。

這塊八十萬起價的石頭，最後以三百二十萬的價格被賭走，賭客是周波的一個老客人。這個價格，在周波這兒也算是很高的成交價了。當然，價格都是由貨而來的，他這塊毛料也算得上是廠房中最好的一塊。

而競拍下毛料的客商都準備把那些毛料運回去後在自己家裏面解，並不打算在周波這兒解掉。

周宣明白，如果沒有一塊能賭漲的石頭在現場解出來，藤本網他們受不到那樣的氣氛刺激，就不可能引起他們的興趣來。

第七十九章
稀世翡翠

這塊翡翠並不算大，只有小碗的面積，
但質地卻是三分之二的玻璃地，三分之一冰地，
上半截水汪翠綠，下半截綠中含藍，
比起廠房裏架子上的毛料來說，這個無疑就是極好的了。

接下來，周波又賣出了十來塊石頭，不過價錢再也沒有達到兩百萬以上，石頭的成色確實也要差一些。

價錢一低，自然客商們的興趣便小了許多，藤本網和伊藤也有些意興闌珊的樣子。

周宣猶豫著，是不是要鍾琴再帶他們到第二家石廠去碰碰運氣，但就在這時，卻見趙老二吭哧吭哧抱著一塊石頭過來，走近了，才咬著牙慢慢蹲下身子把石頭放到地上。

這石頭有臉盆大，重量差不多有百斤上下吧，趙老二搬得並不輕鬆，臉上汗意涔涔的。

周宣瞧了瞧，那石頭灰白一片，一星半點綠也沒有，心裏有點奇怪。這廠房中的毛料都是周波精心挑出來的，顏色上最少都帶了些綠的，這趙老二又從哪裡找了塊渾不搭界的灰石頭出來？

周宣笑笑道：「老二，你幹什麼呢？」

「媽的，這些人賭得個熱火朝天的，怎麼說我也得湊個熱鬧吧，瞧他們都看架子上的，就那麼塊破石頭還得幾十上百萬的，我瞧都是吃飽了撐的。」

趙老二笑呵呵地說著：「周宣，咱們兄弟豪車保鏢的，氣派不差，怎麼也得搞一塊石頭充個數，不能太弱了面子是不？我瞧著那邊墊機器的石頭中有一塊挺圓的，人家花幾十萬，咱們就花個幾百塊吧，裝個樣，混個面子！」

周宣跟著趙老二的手望過去。只見最靠裏的那一頭，擺放解石機的地方，由於解石機不是固定的，所以需要一些石塊來壓住，開動機器後，震動才不會把機器移動開。

在那兒，至少有七八塊趙老二搬來的這種灰石頭，不過其他的石頭樣子不好看，稜角參差，抱起來也不方便。

周宣還沒有說什麼，旁邊有幾個客商便哈哈笑了起來，即使像藤本網和伊藤這種不太懂的人也知道，趙老二這塊石頭是不值錢的廢石頭了。

趙老二自然是對玉石毛料一竅不通的，聽到大家笑，臉上紅了一下。他不懂，但又不想失了面子，心想：好壞搞一塊石頭充充數，反正是周宣出錢，扔個幾百塊錢湊湊興。

周宣笑了笑，冰氣無意中一探而出。當冰氣探到這塊石頭時，卻不禁呆住了！

周宣又吃驚又好笑，趙老二搬的那塊墊機器的石頭裏，竟然真有翡翠。

這塊翡翠並不算大，只有小碗的面積，但質地卻是三分之二的玻璃地，三分之一冰地，上半截水汪翠綠，下半截綠中含藍，比起廠房裏那些架子上的毛料來說，這個無疑就是極好的了。

除了趙老二搬過來的這一塊，其他的毛料周宣也都測過了，絕大部分是不含翡翠的，就是含有，也都是質地極差的油青地、灰沙地等等，價值充其量不會超過五千塊，但毛料的起拍價錢卻絕不會低於五萬，這種買賣可不合算。

周宣見趙老二還在冒汗，也不知道是給眾人嘲笑的，還是搬石頭累到了，心裏又是一

動，藉故看毛料，慢慢轉到那機器處，把冰氣運起來，又測了測另外幾塊墊機器的石頭，剩下的石頭裏果然沒有一塊含有翡翠。

這個趙老二當真是走了狗屎運，瞎眼雞公碰到米頭子了！

周宣背著雙手慢慢走回來，趙老二這時乾脆一屁股坐在那塊石頭上，別的客商繼續又瞧著毛料。

藤本網和伊藤近二有些想走的意思，他們對這種只掏錢的遊戲沒有什麼興趣了。

周宣笑了笑，對趙老二道：「老二，我可是說過了，你出手玩一玩試個手氣，開個利市，多少錢的本都算我的，賺了是你的，跟周老闆開價吧。」

周波在旁邊當然是聽到了周宣的話，笑呵呵地道：「小周兄弟，你的朋友要的石頭，我也不瞞你，那不是挑出來的毛料，而是墊機器的石頭。你們要的話，呵呵，就送給你們吧，當剛剛在外面那些毛料的代頭。」

周波可不傻，這塊廢石在他眼裏，那是半分錢都不值，但他這話卻說的好像是送了一個大人情似的，讓周宣不好意思。因爲他進廠房裏以後，還沒出過手，這些成色好的毛料他根本就沒跟別人競過價，自己還指望著他來狠撈一筆呢。

周宣笑笑道：「周哥，周老闆，呵呵，這生意歸生意，人情歸人情，在酒桌上，你說請吃請喝，那是你的心意，但在這場子裏，就算是最小的一塊小石頭，那也是一塊毛料，行內有行內的規矩，你就別說其他的了，價高價少是一回事，有價跟零價卻又是一回事啊！」

周波愣了愣，周宣這話也是滴水不漏。這一點便宜他不占，後面要不要出手也不干這事，沒有什麼面子不面子。

怔了怔，周波只得乾笑了笑，道：「小周兄弟這樣說了，那就收一千塊錢意思意思吧！」

趙老二揪了一下心！一千塊，這樣就花了一千塊！唉，還是不要了吧，打腫臉充胖子也不是好玩的，這個面子是拿錢買的，沒啥意思，留著一千塊吃喝多好！

但趙老二還沒出聲時，周宣已經掏出錢來，取了一千塊數給周波。周波隨意接過去揣進口袋，瞧也不瞧。

趙老二伸了伸手，想要叫周宣把一千塊錢拿回來，但仍是沒開口叫出來，到底還是有些不好意思，充款爺，連一千塊錢的派頭都擺不起？更何況，還有鄭兵、江晉、張山、伍風幾個人瞧著呢。最關鍵的是，還有鍾琴這個美女在呢，啥都可以不管，美女面前的面子可不能掉啊！

「周哥，我兄弟的這塊石頭，」周宣笑笑說著，「能不能麻煩你廠裏的師傅現場幫我們解了？」

趙老二自然不知道解石和不解石的區別，但所有的事都由周宣說了算，周宣要怎麼樣，

他自然不會有半分反對的意見。

周波笑呵呵地道：「那當然沒問題，前邊的機器就是為了現場要解石的客人準備的。」說完向旁邊一招手，立即過來兩個工人，把趙老二的石塊搬起來抬到解石機處。

周波的解石工匠老師傅有三個。在現場的，是他的親二叔周立行，六十多歲的老人，技術也是三個師傅中最好的，經驗也最多。

老周師傅讓兩個工人把這塊圓石頭抬到解石機上，然後仔細瞧了瞧，確定了方位後，就挪動著石頭，把解石機輪片對準到左邊的三分處，固定了石頭就準備把電源打開。

周宣卻忽然道：「老周師傅，我想先從右邊解，可不可以？」

老周愣了愣，隨即點了點頭。

「可以，當然可以啊。石頭是你們的，想怎麼解都是你們的事！」

一般來說，現場解石的，除了自己是有經驗的老手外，一般都會把權力交給解石師傅。通常來說，解石師傅都比賭石的人有經驗，但有客人非要按著自己的想法來解，這也是可以的。

周宣當然不是盲目亂說的，從左邊解石的話，那裏面的翡翠正處在左面石頭的兩分處，這一刀下去會傷到翡翠，影響到它的完整性，價錢無疑會降低不少。而另一方，右面邊緣離翡翠的距離有十五分之多，是厚石層，切下去沒有任何風險。

當然，老周師傅的切法其實是沒有問題的，這一刀三分下去，按照常理來說，是傷不到玉的，如果現綠的話，可以再切其他的方向，也可以就從左邊擦石，但還有這麼一大塊石頭外皮包裹著，擦石的話無疑會增加時間。

這其實就是一個運氣問題，老周師傅有技術有經驗，但沒有運氣。

周宣什麼都沒有，但他有冰氣，也可以說，他極有運氣，因爲冰氣就是帶給他所有運氣的工具。

老周師傅把石塊挪動著，將解刀對準了右邊的三分處，開了電源，這才一刀切下去。

這時候，賭石的最熱時間已經過去，幾十個客商反正沒事，也就都圍過來觀看。雖然大家都認爲這是一塊無用的廢石，但現場解石的刺激卻是賭石中最刺激人的環節。

趙老二本人更是無所謂，一來這東西是他瞎搞的，不值什麼錢；二來他沒有見過賭石，沒見過一刀生一刀死的解石場面，所以心裏半分也不緊張。藤本網和伊藤近二卻是湊熱鬧一般，站在邊上瞧著。

除了周宣一個人知道最終結果，其他人心裏想的都跟他不一樣。

老周師傅一刀切下後，扒開碎石，然後吹了吹切口面，瞧了瞧，跟他想像的沒有一分差錯，切口面就是灰白的石面，別說玉，連綠影兒也沒有一丁點兒。

老周師傅又瞧了瞧周宣，周宣明白他的意思，揮揮手隨口道：「老周師傅，繼續切，每次都按三分的距離切吧，估計也就是塊廢石，也不怕切壞了它。」

老周見周宣這樣說著，倒是也沒有絲毫壓力，淡淡一笑，也沒說話，把解石輪片又挪了三分，再一刀切下去。

按照常理來說，邊緣的切刀可以三分，然後再往裏的時候，就應該把距離放窄一些，否則就極有可能傷到玉。當然，這是假設石頭裏有玉的情況下。

不過周宣自己也說了，反正是塊廢石，就按三分一刀，花個十來刀就切完了了事，這石頭，基本上就是白搭。

一連四刀切下來，切口面依然是灰白一片，老周師傅也就不按照他的經驗來提醒周宣，反正他自己也認爲這塊石頭不可能有玉，怎麼切都是無所謂的事。

第五刀依然是再往裏三分處，一刀切下去後，老周師傅依然是照舊扒開石屑，把切口面挪過來瞧一瞧，然後就準備再下一刀，估計也就還有四五刀就結束了。

不料老周師傅一瞧，卻彷彿被釘子扎到腳一般，跳了起來！

旁邊圍觀的人都被老周師傅的這個動作嚇了一跳，還以爲老周師傅是不是給解石輪片傷了手，仔細瞧了瞧，卻見老周師傅一雙眼睛呆呆望著石頭的切口面！

眾人都把眼光投向了石頭的切口面。這一瞧，幾乎所有人都呆了呆，隨即一大片聲音叫了起來：「賭漲了，賭漲了，賭漲了！」

趙老二倒是沒怎麼在意，他對賭漲了的含義並不懂得，一時沒反應過來。

剛才老周師傅這一刀切下去，那切口面已經出現了巴掌大的一塊綠，這一塊綠的位置，正是周宣測到的上半段，那一大半截玻璃地剛剛出現，少切一分，也許一絲綠也見不到，但多切一分，便把翡翠切傷了！

這一刀實在是太巧了，切口面現出的綠不是浸透出來的翡翠綠，而是翡翠的表面露了出來！

這一刀，老周師傅仔細瞧了一會兒，又覺得驚喜又覺得害怕，這要再多零點幾分的細微距離，也是會把玉切傷了的！

現在，就衝這一塊巴掌大的翡翠表面，這塊石頭便已經一飛沖天了，而他們的採石場也算是一舉成名了。

在場的人，除了趙老二和鄭兵四個軍人，還有藤本網和伊藤不懂外，其他人雖然算不上頂尖的行家，但都是珠寶界的專業人士，絕不是周宣這樣的半桶水可比的。就眼前這塊巴掌大的翡翠表面來看，這是很出色的玻璃地種，水頭很足，表面便像是水滴過一般，似乎是濕濕的，用手一摸，有很潤的感覺，這是真正的好玉。只是有一點，出現翡翠後，剩下的石料只有十來分厚，也就是說，這玉的厚度極有可能只有四五分。

這塊頭就不算大，質地水頭雖然好，但個頭兒小，這價錢也就自然低了。

周波眼睛都快瞪出來了，這玉塊頭雖然不大，但成色卻是極品的玻璃地，就算以這塊大小，那價錢最少也值五百萬以上！沒想到，所有人都以爲是塊廢石的東西，卻偏偏解出了值數百萬的東西！

周波的心裏一時就像有什麼東西把腸子扯起來拖拉一樣，好生難受。幾百萬的東西就以一千塊甩手給人家了，這還是周宣強要給他的，按照他開始的想法，那是白白送給他們的！現在雖然收了一千塊，卻又管個屁用啊？

老周師傅又驚又喜，驚的是，以他的老經驗竟沒看出這塊石中玉，喜的當然是切出了這麼亮色的翡翠來。騰衝這兒雖然是翡翠毛料的集散地，但真正能解出極品翡翠的卻是極少極少。

這與緬甸近十年來的瘋狂採石有關。

如今，翡翠越採越少，它是礦，是不能生長的，而且它的形成是要有很特定的條件。據科學家研究，翡翠的形成要在一萬個大氣壓和至少零下二百度到三百度之下才能形成。我們知道，地球由表面到深部，越往深處溫度越高，壓力也越大。但翡翠既是在低溫高壓條件下結晶形成，當然不可能處於較深部分，那麼高壓究竟從何而來呢？

這高壓是由於地殼運動引起的擠壓力所形成的，凡是有翡翠礦床分佈的區域，均是地殼運動較強烈的地帶。

若要成爲特級硬玉的翡翠，還須具備以下條件，翡翠圍岩必須是高鈣低鐵岩石。這種環境產出的翡翠更純淨，少鐵使底不發灰。儘管低鐵，但還是有鐵的存在，要翡翠十分純淨無雜質，還須在強還原條件下，即在還原環境中生成。因爲在缺氧環境中，它所會形成磁鐵礦而析出，而不進入翡翠的晶格內，可使翡翠綠更正。再者，要有生成翡翠的地質作用及多次強烈的熱液活動，才能把翡翠改造得綠正、水好、底純。

只是這些條件很難同時具備，這就是爲什麼特級翡翠極爲稀少的原因。

近十年是國際上翡翠最爲流行的時期，價格一飛沖天，特級玉更是達到了恐怖的天價。緬甸的玉商們也是更加瘋狂地採礦，資源幾近枯涸，是以想要找到特級翡翠已是難上加難。

而周波的這個廠，本來接的都不是緬甸的那些老坑礦，出玉的可能性自然要更少一些，出極品玉的可能就更小了。今天現場解出來的這塊翡翠，雖然塊頭是不大，但這可是玻璃地種，價值不菲啊。

老周師傅在這個時候當然不會再下刀了，一般切出綠來後，客人便會待價而沽。像趙老二這塊石頭，老周師傅剛才一刀切出的不是綠，而是翡翠表面，不僅沒傷到翡翠，又讓翡翠完好無損地現出真身，這個運氣就不說了。

現出真身，那就是價碼的飆升啊！

趙老二溜上前瞧了瞧，問道：「這就出了玉了？」轉頭又向周宣笑道：「弟娃，我這手，抓著鐵是金，抓著石頭是翡翠，抓個女人那就是極品啊！」

周宣笑呵呵地瞧著趙老二不語，眼睛餘光卻偷偷瞄了瞄了藤本網。這傢伙一直盯著切口面，目不轉睛的樣子。

這時，一個客商笑呵呵地對趙老二說：「這位兄弟，你這塊料，呵呵，我瞧著塊頭不會大，你有沒有意出手？」又添了一句：「我給四百萬！」

趙老二笑嘻嘻正要打趣，這麼容易就出玉，那得再多搬幾塊石頭來，但緊接著聽到那個客商說出價四百萬，頓時呆了一下，這才想起來四百萬是什麼意思，站著就「砰」地栽了一跤！

周宣又是氣又是好笑，這個趙老二，不知道翡翠的實際價值時，吹牛打屁厲害得很，一聽說有人出四百萬時，卻是原形畢露了！

他哪裡見到過四百萬啊？雖然跟著周宣也長了些見識，但畢竟沒有接觸過幾百萬的概念，這一下餡餅砸到自己頭上，終是忍不住栽了一跤。

不過周宣倒是不會真惱了趙老二。要是換了以前的他，看著自己一筆一筆的發財，也跟趙老二沒有什麼區別。

倒是藤本網和伊藤近二震驚了！一千塊錢換了四百萬，這可是真事啊！雖然對賭石沒有經驗，但切口表面那翡翠的樣子他還是瞧得出來，真是好東西。一千塊轉眼之間就變成了四百萬，要知道，他跟伊藤近二兩個人行騙了好幾個地方，歷盡千辛萬苦，那也才到手四百來萬，還要擔驚受怕提心吊膽好幾個月。可這小子無意中撿塊破石頭，就一下子發了四百萬的財！

藤本網一顆心轟然間膨脹起來，說到底，他跟伊藤近二都是一個賭客，只不過前面賭輸了，現在又讓他們看到了東山再起的希望，這種一本萬利，而且不用擔心被抓的發財機會，讓他們如何放得下？

周宣一直是在偷偷注意著藤本網這兩個鬼子，看到他們現在這模樣，心裏總算鬆了一口氣，本以爲已經沒有機會了，卻想不到趙老二無意中搬出這塊有玉的墊機石頭，終於讓這兩個鬼子上了鉤。這真是有心栽花花不開，無心插柳柳成蔭了！

趙老二跌了一跤，趕緊一骨碌爬起身，臉上雖然紅了，但卻是努力鎭定了些，盯著周宣道：「弟娃，你瞧。」

周宣微微一笑，向老周師傅說道：「老周師傅，麻煩你再繼續解石吧。」

周宣這句話無疑是向眾人表明，這塊毛料，只會繼續解下去，而不會轉手。

那客商有些可惜，又道：「老弟，剩下的毛料面積不大，解出大翡翠可能性並不大，你

這時候出手是好事，這樣吧，我再加一百萬，五百萬如何？」

趙老二牙齒咬得格格直響，幾乎就想不顧一切地答應下來。五百萬啊，他一輩子幾時能得到五百萬？可這機會真真切切的就在自己面前，弟娃啊弟娃，你就答應了吧！

可是周宣毫不為所動，擺擺手道：「老周師傅，擦石吧，從左面的毛料表皮就直接擦。」

周宣知道，剩下的毛料，幾乎就只有極薄的一層表皮，外形又是圓形的，無論怎樣切，怎麼樣動刀都會傷著翡翠的，只能以擦石的手法進行下去。

那個客商的話他倒是不置可否，因為他明白，一般人這時就是估計這塊翡翠的塊頭不會大了，五百萬確實也不算低了，那客商倒也不是完全出虛價，拿回去，他請高手工匠做些玉件出來，價值估計會在六七百萬左右，這樣算來，利潤其實並不算大。

當然也就是周宣，若是其他人，就絕不會再冒險擦石，能在五百萬時出手，其實是聰明人幹的事。

不過周宣可不是一般人，他的冰氣是這世間產生的異數，早測到毛料裏的翡翠除了表皮層的石頭外，裏面可都是實打實的翡翠，就只是底部一截次了一些，是冰地的種，這個塊頭可是比外表這個切口處顯示的要大了一倍多啊！

藤本網心裏十分激動，一邊替那個出價的商人叫傻，一邊又替趙老二和周宣叫傻，兩邊的人都是傻瓜，一個明知道有風險，卻偏偏要賭下去；一邊明明可以穩穩當當賺五百萬，卻偏偏硬是不賣！

那個伊藤近二更是捏拳瞪眼好生不自在，可惜這塊毛料不是他的！

趙老二雖然也是心跳若狂，但周宣不答應他也不出聲。

說實話，老周師傅雖然走了眼，但要按他想的，最好現在出手。可周宣卻是咬定了要繼續解石，石頭的主人不同意，那再好的機會也是白搭。

藤本網忍不住罵道：「瘋子，都是瘋子！」不過這話卻是用日語說的，除了伊藤近二，沒有第三個人聽得懂。

周波盯著那塊石頭，腸子都悔青了！眼看著值數百萬的一筆財富就飛到了那個傻老二手中，而且是當垃圾撿的！

老周師傅不再說什麼，把毛料拿到細砂輪那邊，依著周宣說的，先從左面的圓形外層表皮用細砂輪擦石。嘶嘶的聲音中，細砂輪磨去了外表那一層薄薄的皮後，露出來就是碧綠的顏色，老周師傅沿著半圓形的外表慢慢細細擦起來。

大約半個小時後，左面的表層大致擦了出來，除了前後兩面的外殼沒動之外，左面全擦出來了，這塊翡翠的大致形狀就出來了！

這可要比一開始大家估計的大了一倍，雖然沒有真正的轉手成，但那客商卻一直在注意老周師傅的每一個動作，心裏也一直咚咚的跳著，心情難以言喻。

結果卻是，他又高興又失望，高興的是自己賭對了，裏面的翡翠比他想的要更大，利潤自然更高；失望的是，讓周宣和趙老二懊悔的事，不可能發生了！

現在這塊石頭只是擦出個大概，如果要完全的打磨出來，那起碼得一個星期，這還是快的。但無可否認的是，不管再怎麼打磨，現在這塊翡翠的價值，絕對翻了一番！

那個客商顫著聲音又道：「老弟，我出一千萬，你賣不賣？」

藤本網聽到這個客商的叫價聲，心裏便是一聲哀鳴，越發想投入到賭石大潮中去！

趙老二這時真正是面如土色，神情變幻不定，話也說不出來了，拿眼直盯著周宣，半張著嘴直哆嗦！

和趙老二的呆若木雞相比，周宣顯得平靜多了，這個結果早在他的意料之中。

剛剛沒擦出另一面的時候，周宣之所以不同意以五百萬轉手，那是因爲他知道整塊玉沒完全露出來，實際價值並不止於此。

現在，翡翠基本形狀顯現出來後，周宣也就不再說什麼了，讓趙老二自己決定吧，現在已經不算是賭石了，而是搶購了。

趙老二腦子卻早成了漿糊，呆怔了好一會兒，眼睛瞪得跟銅鈴一樣。

老周師傅已經把翡翠的絕大部分石層都去除了，剩下的翡翠本身雖然不是很乾淨，但卻能瞧得出完整的玉體。從石屑沾汙中看到，露出的玉體水靈靈的，便似潑了水在上面一般，水頭很足，又好像能看到強光透進去的樣子，透明度極高，真正的好玉啊！

那個客商戰戰兢兢地咬著牙出了一千萬的價錢，顯然頗有點超出他的承受能力，而在周波這個地方，還真沒有成交過如此高價的翡翠來。

趙老二腦子清醒了些，把臉轉向周宣，周宣笑笑道：「老二，你別看我，這是你的，價高者得吧，是這個規矩！」

趙老二心裏一熱，一千萬啊，他的人生中何曾能出現個一千萬？

周宣是在這個時候有意淡出，想讓藤本網和伊藤近二的注意力轉移到趙老二身上。趙老二是沒有什麼鬼藏在心裏的，自然而然發了大財，藤本網和伊藤近二自然會緊盯著他，發財就是所有人最關注的大事。

那個客商也在盯著，他粗略估計了一下，以上面那部分玻璃地的翡翠，便能做出價值兩千萬到三千萬的玉件出來，下面還有一部分冰地，雖然弱了一些，但也是價值不菲的。

目前市場上，一副極品玻璃地水種的鐲子價值就能過千萬，以這塊翡翠的面積，最少可以做出四到五副，其餘的散料還可以做很多的掛飾件，價值同樣不菲。

剛剛叫出的一千萬，在現場確實算是很高的價格了，但以翡翠本身的價值來說，卻又是

有些偏低。

不過周宣無所謂，剛剛五百萬的時候，明顯趙老二吃虧了，但現在就不同了，完全露出來後，再出售的價格無非就是賺頭的差價，多一些少一點，那都無所謂，不吃大虧就行。

趙老二這時候從老周師傅手中把那塊翡翠接過來，緊緊抱在懷中，一張臉脹得通紅，臉上汗水汨汨而下。這個動作，比抱了他兒子、老婆都還要著急。當然，他還沒有兒子、老婆。

周宣剛剛說了，價高者得，趙老二就盯著那客商，他對這些也不太懂，正猶豫著要不要就此以一千萬的價格出售。

這時，另外的客商都湧了上前，他們都極爲羨慕地瞧著趙老二，其中一個也開了口：「我出一千零五十萬！」

開始出一千萬的那個客商頓時漲紅了臉，結結巴巴地道：「老張，我出一千一百萬！」叫出了一千一百萬的價格，胸口便直喘粗氣。

趙老二真是快傻掉了，將懷中的玉石抱得緊緊的，生怕摔到地上碎了。他可是做夢都想不到，就這麼塊綠綠的東西就讓這些人瘋狂的出價買！

藤本網和伊藤近二除了羨慕忌妒，就只剩下了一心要踏入這一行的決心。眼前這個趙老二明顯是什麼都不懂的菜鳥，卻是給他碰到了好運氣，撿到這塊寶，如果以他們的聰明和經驗，怎麼也不會比趙老二差吧？心裏想著，也就越發想發這筆財。

不過他們現在可沒有看毛料的興趣，心思都放在了趙老二這塊玉上，當然也不是這塊玉，而是在旁邊那些人出的價錢，那可是實實在在的利潤啊！

趙老二有點傻，廠子主人周波有些發愣，又極度懊悔，只有周宣是清醒的，有種置身事外的感覺。

周宣笑了笑，才說道：「一千一百萬第一次，一千一百萬第二次，一千一百第……」

「我出一千一百五十萬。」

說這話的不是客商，竟然是周波本人。

周宣自然不理會，隨便哪個都一樣，只要是用錢買，管你哪個人！

「呵呵，周老闆出價一千一百五十萬，第一次……」

藤本網口乾舌燥的，臉上全是汗水，心裏頭只叫著：瘋了，瘋了，全都瘋了！

「一千二百三十萬！」

「一千二百六十萬！」

後面加價的人越來越多，甚至根本就沒容周宣叫第幾次，只要一有人出價，馬上就有另一人提價。

都是一幫玩玉做珠寶的，這塊翡翠能做多少，能值多少，明眼人一瞧便知，這個時候賭

的已經不是眼力和運氣，而是財力了。誰更有錢，價錢就叫得越高，趙老二賺得越多，而買下的客商卻就是賺得越少了。但大家心裏都大略算了一筆賬，這塊玉能做多少，請工匠師傅的花費要多少，又能賣多少。這塊玉只要不超過兩千萬，做出來的東西利潤就還可以達到一千萬上下。相對來說，這也是一筆極大的利潤了。

像現在買價還只有一千來萬的時候，那利潤更大，現在就不存在賭了。大家買的就是利潤，賺錢的事，誰不想做？

「一千三百萬！」

「我出一千三百五十萬。」

「我出一千四百萬！」

趙老二嘴裏喉嚨裏都是發乾發燙的，什麼也說不出來，頭先在四百萬五百萬的時候，便只想賣掉，沒想到現在叫價已經到了一千四百萬，而且瞧樣子還在往上漲！

我的老天爺！就算買彩票，中的頭獎也只有五百萬，現在自己這個隨意撿來的石頭，竟然就像是中了三張一等獎的彩票，難道是做夢嗎？

趙老二腿都直打顫了，退了幾步挨到周宣身邊，看來還是他比較有定力，如果不是周宣的話，剛剛就少賺了一千萬，周宣的決定果然是有道理的！

第八十章
強龍不怕地頭蛇

金百萬開了口，
周波那些客商都閉了嘴，站起身向周波告辭走人了。
周宣一下子就明白了，這個胖子根本就是一個地頭蛇，
幹的就是強買強賣的事！
倒是沒想到，一來還真碰上了這種事。

趙老二就這樣走了一下神，懷中翡翠的價錢便被叫到了一千六百五十萬！

不過，周波這裏的客商都不是大客商，這個價格對這塊玉來說不是頂點，但對他們本人，卻都有些不支。就目前這個情況，以這個價格能拿下來的可能性不大，就以這個價格，他們也拿不出來現金了，何況再往下加？

像他們這些次一等的珠寶客商，手中的流動資金通常只有幾百萬，趙老二這塊玉雖然可以賺到一大筆錢，但關鍵是，明知道賺錢，但卻沒有那麼多本錢啊，這很要命！

周波也是猶豫著叫出了「一千七百五十萬」，但心裏卻是發著顫。看樣子，最少得在兩千萬左右才能拿下來，但如果掏了這一大筆錢，那他的流動資金可就被掏了個乾淨，生意便做不轉了！

周波瞧了瞧其他客商，不用說，這些人的底細他很清楚，都是跟他打過交道的，除了周宣、趙老二這幾個人是初次見面，其他的那些客商都只有幾百萬的流動資金，適才跟著他血拼叫到現在的價錢，肯定要拉別的朋友一起來承擔，賺的錢大家分了，否則也是沒有誰能在短時間能夠湊出一大筆錢來。

周波想了想，趕緊道：「小周兄弟，我看不如暫停一下，大家休息休息，過一個小時後再進行叫價，你看可好？」

從周波的表情就可以看得出，周波的這個廠子雖然比周宣在深圳和揚州見到的大得多，但說實在的，他的實力和資本卻是比內地那兩個做玉石生意的老闆小得多。

像叫價個三幾千萬，凌老闆他們不會拿不出手，但周波和他這裏的客商們卻很顯然弱了不止一籌。

周波一提議休息一個小時，周宣當即點頭應允，他想也想得到，這是周波要準備資金來進行最後的叫價，也可能是拉一個幫手來合夥吧，雖然少賺一半，但能穩當進賬幾百萬，那還是不錯的事，像現在，要這麼輕鬆的賺幾百萬可並不是易事。

但周波心裏就是有些不舒服，自己的東西當垃圾一千塊扔給他，但轉眼間自己卻得掏近兩千萬的高價來買回來，當真是一個冤大頭！

趙老二仍然是緊緊抱著他的寶貝石頭，不管等一會兒還會怎麼叫價，至少現在已經達到一千七百多萬了，這可是真真實實的數字，是自己聽到的價錢！

休息的地方是在周波廠房門外的廣場邊上，周波讓工人搬來幾十把椅子，給所有人都發了飲用礦泉水，然後就去給自己的朋友打電話了。周宣瞧到剛剛叫價的那些客商也都拿著電話在打。

周波打電話是叫了騰越鎮最大的毛料商金百萬，他有的是錢。叫他來把這塊玉買下來，自己從中賺一筆，而且還不用損耗到自己的流動資金，一舉兩得。

金百萬的本名叫什麼，幾乎所有的商人都不知道，按字義來說，現在以百萬而論的確不算什麼。但金百萬的名字可是二十年前就叫響了的，二十年前的百萬身價，現在值多少？這就是個天文數字了！

大約只有二十分鐘的時間，金百萬就跟著六個手下開著兩輛大切三星過來。

在這邊，全是山區，地勢險要，鐵路不通，只有飛機和公路，公路除了城市跟城市的一條高速外，其他支路都是九曲十八彎般的路，不是上坡就是下坡，所以在這兒，有錢人的車，基本上都是強勁的越野車，內地的名車跑車，在雲南的大部分地區根本就跑不出門。

金百萬人如其名，肚子挺得高高的，腦滿腸肥，五十來歲了，但面白無鬚，油光滿面的，就像傳說中的大內總管。

周宣瞧著那六七個保鏢模樣的壯漢簇擁著金百萬下車走過來。金百萬露著胸口，胸口上掛著一條粗若手指的金鏈子，左手大拇指上套著一枚碧綠的玉扳指，臉上全是傲慢的表情。就衝這一副表情，周宣便極不喜歡金百萬這個人，這跟一般的暴發戶沒什麼兩樣。

當然，周宣並不知道他就是騰衝最大的毛料商。

其實，金百萬小學才畢業。雖然沒有學問，但有個親戚在緬甸，跟一個老礦的老闆關係很好，金百萬便因為這個關係而接觸到毛料。金百萬雖然文化不高，但卻深知關係的厲害，與騰衝面子上的單位都有極好的關係，打通關係的手腕只有一種，那就是錢，二十年來，這個方法也確實是無往而不勝。

周波趕緊迎了上去，把金百萬請到中間的位置，又叫工人搬了一把大班椅給他坐下來。金百萬的六七個手下便像樹樁一般地站在他身後，周宣心裏哼了哼，你以爲是黑社會啊，這種搞頭。

不過，周宣一點都不擔心，這時候才想到有鄭兵他們幾個的好處來。瞧著金百萬的模樣，要是起了衝突，在人家的地盤上，那自己可真就只有吃虧的份兒了。

好在有鄭兵這四個特種兵在，別說金百萬只是一個商人，就算他是地方上的官員，又或者真是黑社會，那在鄭兵這樣的軍人眼中，也一樣是小菜一碟。

周宣不認識金百萬，可一班客商卻是認識他，在騰衝，做玉石毛料生意的，又有哪一個不認識金百萬呢？

周波是跟金百萬在電話裏說好了的，有些事自然不能在現場明說出來。

金百萬眯著眼睛瞧了瞧在場的人，他這樣一個胖子，瞇著眼睛時那表情極是可笑，但在場的那些客商都是話都不敢說一句，各自心裏都想著，如果金百萬開口要趙老二的東西，那他們就不出聲了，就算這個東西與他們無緣。

金百萬坐下後，稍稍瞄了瞄眾人，眼光立即就停在了趙老二捧著的翡翠上。雖然只是隨意瞧了瞧，但哪怕就這麼一眼，金百萬眼中還是精光一閃，心裏動了一下！

憑著二十年的玉石經驗，金百萬相當清楚，這塊翡翠算得上是當今毛料市場中的鳳毛麟角。

這塊玉，上部分三分之二的面積都是水頭極足的玻璃地，有種帝王綠的顏色，屬極品。這可逃不過金百萬幾十年老江湖的眼睛，雖然底層部分略低，但也是沒有雜質的冰地玉，如果拿回去打磨出來，再把他的幾個老關係請過來，這塊翡翠絕對會賣出超過五千萬的價錢！

做什麼生意，那都是要講一個天時地利人和等因素的，以周波這樣的人脈關係，他把翡翠拿到手，充其量也只能賣個兩三千萬的價，可如果是他金百萬，這價格自然就會多兩千萬出來。

金百萬又瞄了瞄趙老二，嘿嘿笑了笑，問道：

「你這玉，要賣多少錢？」

果然是衝著這塊極品翡翠而來的！

金百萬開了口，周波那些客商都閉了嘴，站起身向周波告辭走人了。周宣心裏怔了怔，瞇著眼盯著金百萬，這人有些古怪，恐怕有問題。

趙老二也是呆了呆，還想問問頭先跟周波一起競價的那幾個客商，怎麼就走了呢？要是走了，剛剛叫得再高的價，那不也是白叫了嗎？錢沒到手，就算給你開了一億的價錢，那也是白搭啊！

好在還有這個剛來的大胖子問他要多少錢，瞧他那派頭，可比他們只高不低，又見到金百萬脖子上那條金鏈子，金光燦燦的，心道這東西可真是氣派，但他也分辨不出來是真金還是假金。

在老家武當山附近，趙老二見過地攤上有賣這樣大粗金鏈子的，跟金百萬脖子上這條粗細有得一比，等下次回老家一定得弄上一條，掛在脖子上裝派頭！

金百萬見趙老二傻愣愣盯著他脖子的金鏈子，似乎沒聽到他說的話，便又再問道：「你那玉，要多少錢？」

周宣用腳踢了踢趙老二，這傢伙才省悟過來，呵呵笑了笑，把手中的玉石亮了亮，才道：「剛剛他們出了價，一千七百五十萬！」

金百萬嘿嘿又笑了笑，道：「一千七百五十萬，你哄鬼呀，我給你三百萬，你要現金還是支票？」

周波在旁邊也是一怔，心道：金百萬還真狠，三百萬，那就當是撿了一般，得分給他多少？

周宣一下子就明白了，這個胖子根本就是一個地頭蛇，幹的就是強買強賣的事！倒是沒想到，一來還真碰上了這種事。

周宣確實沒想過，以前在深圳，在揚州，有騙有設局的，但還沒遇到過強買的，想必這

傢伙肯定是在當地橫行慣了的。

趙老二一聽，當即把玉石往懷裏一收，哼哼道：「剛才還有人出一千七百五十萬呢，你給三百萬？你當我是鄉下人好嚇唬是吧？三百萬，看我都不給你看了！」

「哈哈哈！」金百萬忍不住大聲笑了起來，好半會兒才止住笑，又道：「告訴你，我叫金百萬，你去打聽打聽，我金百萬說的話，在這兒那就是聖旨，一錘子一個坑，我金百萬說什麼就是什麼。嘿嘿嘿，你已經失去了三百萬的機會，嗯，一百萬，要支票還是現金？」

這一下，趙老二立馬便知道原來是麻煩了，瞧了瞧金百萬屁股後面的六七個壯漢，心裏有些發虛，畢竟這也是人家的地頭啊，俗話說強龍都不鬥地頭蛇呢，何況他們哪算強龍啊？

周宣卻冷冷地道：「不賣！」

「七十萬！」

金百萬淡淡又說著，絲毫不理會周宣的話。

「不賣！」周宣也再次回答著。

「四十萬！」金百萬瞇著眼，淡淡地說著，對周宣冷淡的回答，他彷彿根本就沒聽到一般。

此刻，周宣瞧了瞧金百萬身後那幾個人，又回頭瞧了瞧鄭兵，見鄭兵微微一笑，那表情很輕鬆，周宣心裏才放了心。

平常人不知道，但周宣可是明白，一般人要跟特種部隊的特種兵相比，那是沒得比的。平常的地痞流氓也就是耍耍狠，嚇唬嚇唬普通人，而部隊中的特種兵，那可是殺人的機器，千錘百煉的功夫，一出手就是要人的命！

藤本網和伊藤近二也瞧著不對勁，互相打了個眼色，便與周宣這幾個人退開了些，故意拉開了距離。

周宣依舊冷冷地說了聲：「不賣！」

周宣當然不會畏懼金百萬。如果真要出手的話，就算只是把金百萬一夥人的內臟轉化一丁點爲黃金，那他們也是死路一條。不過，周宣並不想自己出手，最好由鄭兵他們解決問題。

瞧這金百萬的模樣，那是鐵定想強買趙老二這塊玉了。周宣倒是不明白，像這樣的人，怎麼就能做到騰衝最富的毛料商了？

金百萬又道：「十萬！」

到這時，金百萬就不再講價錢了，而是衝身後的一個手下招了招手，道：「取十萬塊過來！」

那名手下點點頭，把提著的一隻小黑皮箱子打開，數了十紮鈔票，然後走上前放到趙老二面前的地上。

金百萬指了指地上的錢，說道：「機會是你自己放走了，十萬塊錢，拿著當路費，趕緊給我消失！」

趙老二知道麻煩了，人家的人比自己多了好幾個，再說，這是他們的地盤，鬧起來，自己這一方肯定是吃虧的。

鍾琴悄悄站到周宣身後，俯身挨著他輕輕說道：「周大哥，這個人惹不得。」

周宣淡淡笑了笑，對著周波說道：「周老闆，我的貨暫放在你這兒一天，明天過來取，今天先走了！」

周波苦著臉，心道，你還走得了麼？本來只是叫金百萬合夥買下來，一人賺一筆，誰知道他竟然會見財起疑，要強買呢！

趙老二抱著翡翠往後退了一步，顫聲說道：「光天化日之下，你還有王法沒有？強買強賣。你趕緊走，否則我報警了！」

金百萬笑呵呵地道：「報警？呵呵，要不要我給你手機用用？強買強賣，有誰給你作證啊？你找個人出來問一問？沒有證據的事你也敢說出來？」

金胖子可不輕易下手，他是看準了周宣他們都是外地來的，而且，若是有錢有勢的大玉石商，通常都會先到幾家最大的毛料商那兒去，而跑到周波這種小商家來的，顯然都是實力不濟或者在騰衝迷失了方向的。讓他們碰了狗屎運拿到極品好玉，金胖子哪能不起壞心奪下來，便叫了幾個平日有勾搭的員警來，許諾這塊玉能到他手上，便給他們一千萬酬勞。

張山和伍風已經一左一右上前擋在了前面，鄭兵和江晉抱著雙手站在周宣背後靜觀其變。如果就是金百萬這幾個人，那就算不了事。

就在這時，金百萬卻呵呵一笑，對身後揮了揮手道：「把錢撿起來，今天咱這生意不做了，生意不成仁義在嘛，我們走！」

周宣他們都以為今天會有一場混鬥，沒想到金百萬突然臨陣退縮，金百萬看起來可不像是個輕易就甘願當縮頭烏龜的人啊？本來那麼來勢洶洶，卻又忽然一股子氣焰煙消雲散了！著實讓眾人有些摸不著頭腦。

金百萬身後那個取錢出來的大漢又把錢撿回去裝好，然後七八人橫搖豎擺地走出門去，拉開停場處的那兩輛大切三星車門，上車揚長而去。

周宣有點不太相信金百萬會如此輕易放手，但鍾琴和趙老二卻是鬆了一口氣，以為一場危險總算是過去了。

周宣想了想，對周波說道：「周老闆，我看我們還是先回酒店，明天再過來拉貨吧。」

雖然支票兌現的時間還沒到，但周宣回酒店卻也沒有要求把貨運走，一百二十多萬的毛料依然存放在周波這兒，周波也沒什麼好擔心的，如果是空頭支票，貨仍在自己這兒，反正都不會損失什麼。

「呵呵，沒問題！」周波笑笑回答著。

周宣瞧見周波雖然笑著，但笑容卻是有些勉強，心裏越發感覺到有問題。

眾人出門，趙老二抱著寶貝鑽進奧迪車裏，鍾琴依舊坐到前面。

周宣卻是故意落後幾步，悄悄跟鄭兵說：

「鄭連，那個胖子肯定心懷不軌，你怎麼看？」

鄭兵淡淡笑了笑，說：「周先生請放心，除了我們四個人外，我另外已經通知了後援。其實，以那個胖子的能耐，有我們四個人就夠了！」

鄭兵話說得淡然，但表情卻極是輕鬆，周宣也就無所謂了，反正擔不擔心都是如此，只有走一步算一步，兵來將擋，水來土掩，如果逼到不得已，那也只有看誰心狠手辣了！

鄭兵讓江晉代替張山開車，而他自己則跟周宣、趙老二一起坐在後排。張山和伍風開了另一輛車。兩輛車都是茶色玻璃，從外面其實是瞧不見裏面的。

周波瞧著周宣一行人兩輛車，一前一後的從自己廠區大門開出去，心裏苦澀澀的，估計自己這一單生意是白高興一場了，金百萬可不是個善心傢伙，自己本是想借助他的財力來買下趙老二的玉，這樣自己就可以憑空賺一筆，但事實是他想錯了，尤其對金百萬評估不足，面對著這麼好的玉，金百萬哪裡還會規規矩矩，竟然就動了邪心。

江晉一邊開著車，一邊跟張山那輛車保持著通訊，又聽到有分隊已經迅速往這邊來了。周宣心裏倒是不緊張，有鄭兵他們在，確實是真正省心了。

又瞧了瞧照後鏡裏，藤本網他們乘坐的那輛計程車離自己這輛車約兩三百米遠。張山他們那輛車離周宣的車就只有六七米遠，江晉瞧著前邊的路形，這兒已經進入到山路林區，前後沒有人煙，放眼也瞧不出兩百米，除了樹林就還是樹林。

周宣心想，如果金胖子要想動手的話，大概會是在這個地方。

他這樣想著，鄭兵和江晉也都是一樣的想法，前邊張山的車速已經慢了下來，再往前開了一百來米，張山便通過對講機說道：「連長，前面有路障！」

鄭兵沉聲道：「下車，注意安全，盡可能的解除對方的殺傷力！」

「明白！」

聽著張山冷沉沉的回答，周宣感覺到他話語裏傳來的森森寒氣。

江晉也停了車，周宣瞧到前面的路上，打橫擺了一條長長的鐵釘鏈，車如果強行開過去的話，輪胎絕對會毀掉。

然而，車一停下，周圍突然刷刷啦啦從樹林後擁出來十六七個人，江晉離開轉頭對鄭兵道：「鄭連，你開車帶周先生他們退回去，這裏由我們來應付，解除危險後再通知你們。」

周宣笑笑道：「算了吧，他有心要堵咱們，後面會沒人嗎？」

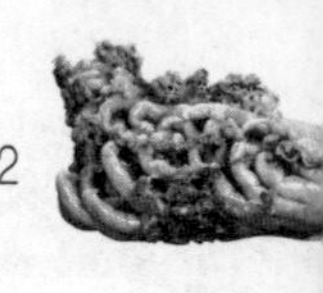

江晉朝後面一望，果然，後面十來米遠的樹林後也湧出來十幾個人，而更遠處，藤本網他們的車躲得遠遠的，司機先調了車頭，不過卻沒走，估計是藤本網想瞧瞧事態的發展。

張山一掃眼數了數，前面是十七個人，又瞄了瞄後面，後面是十四個人，一共是三十一個人，瞧身形，倒是沒有金胖子在內。

張山向鄭兵打了個手勢，做了個暗示。

江晉捏了捏手，朝鄭兵道：「鄭連，你陪周先生他們待一會兒，後面的人交給我！」

前面十幾個人當中，有一個人提了一個袋子走上前，拍了拍，說道：

「這是十萬塊，識相的就把玉賣了，拿十萬塊走人，否則……」

張山「嗖」的一下迅速竄上前，一拳便將那人打得翻了幾個滾，罵道：

「否則你大爺！」

那人給張山這一拳打得嘴裏飛了七八顆牙齒出來，滿嘴噴血，哼哼唧唧地說不出話來！

餘下的人沒料到張山竟然敢率先出手傷人，就那麼幾個人，還敢對自己這邊幾十個人下手？愣了愣後，眾人發一聲喊，一窩蜂都撲了上來。

伍風更不遲疑，跟張山一起衝進人群裏，腳踢手劈。後面的江晉也是一聲不響便迎上那一群人，只聽到「喀喀嚓嚓」的響聲，接著又是一連串的哀號。

周宣雖然不會武術技擊，但卻見得多了，像傅盈、李俊傑還有伊藤和野百合子，都是好手。傅盈練的是武術，而像江晉、張山這幾個軍人，卻是純粹的傷殘打法，他們不一定比傅盈厲害，但手法卻是更管用，更直接，一出手不用第二下，挨到的人不是斷腿就是斷手，立馬喪失活動能力！

趙老二和鍾琴心跳若狂，又害怕又吃驚，卻只見不到三分鐘，樹林地上便躺了一片呼天叫地的人，來堵他們的前後兩幫數十人，就沒有一個還能站著的！

藤本網雖然不會武，但他瞧出了這個陣勢，心裏想著，看來這個周宣還真不簡單，不知哪裡找了這麼厲害的軍人來？

可以說，那些人剛一露面，隨即便給江晉、張山、伍風三個人打了個落花流水，沒有一個人是完好的。

張山伸腳踩住最初拿錢出來的那個人，那個人倒是手腳完好，只是一拳給打了個五葷六素，躺了幾分鐘還沒清醒過來，驀地裏覺得右手腕鑽心般的疼，抬眼瞧上去，卻見是剛剛一拳把自己打飛的那個煞星正踩著自己的右手腕，冷冷盯著自己。

那人這才神情一凝，又瞧了瞧四周，這才見到他們一行三十多個人居然全部都躺在地上哀號，這才慌了神，結結巴巴問道：「你們想幹……幹什麼？」

張山冷冷地道：「這話應該我來問你才對，你們想幹什麼？誰讓你們來的？」

那人倒是定了定神，強作鎮定地道：「我勸你們還是別問了，趕緊放了我們，在這兒，

有人是你們惹不起的！」

張山淡淡笑了笑，道：「是麼？」腳底下卻是使勁一用力，「喀嚓」一聲，那人手腕給踩斷，痛得大聲叫了起來。

張山冷著面孔，迅速又踩上那人的左手，冷冷道：「你想不想左手也斷掉？」

那人又是痛又是汗，連連道：「我說我說，是金百萬讓我們來的！」

「沒用的東西！」只聽見又是一聲罵，隨後從樹後走出一個胖子來，正是金胖子！

開始是他們一方人占優勢，但現在明顯是他們弱勢，自己這一方占上風了，在這個時候，他一個人露面，是什麼意思？

但隨即周宣就明白了！因為從樹後出來的還有六個員警，拿著槍呢！

金胖子嘿嘿笑了笑，說：「你們什麼事不好幹，卻要來偷我的玉？」

趙老二詫道：「誰偷了你的玉？」

金胖子嘿嘿道：「周波打電話跟我說，有一塊玉賣給我，我就買了，過來拿，卻聽到他說玉已經給你們偷走了。嘿嘿，有什麼話，到派出所去說吧。」

「你，你——」趙老二臉脹得通紅，一時氣得說不出話來，見過無恥的，倒還沒見過比金胖子更無恥的！

周宣很鎮定，這不過是金胖子的手段之一，瞧那幾個員警的樣子，顯然也是串通好了的，說什麼都沒有用，在這個世界上，人爲財死的事數不勝數，在錢財的誘惑之下，什麼事也不奇怪！

金胖子現在倒打一耙，理由也充分，在他的地頭上，那還不是他怎麼說怎麼算，周宣他們這個生意，又沒有證明，又沒有正式合約什麼的，說他們是偷，那也無法說得清楚。

當然，周宣並不擔心，這些地方基層某些個人的勾當，不代表上層也跟他們勾結在一起，最關鍵的是，他後面站著李雷，那可是軍區司令員，就算是地方首長，那也要掂量著行事，就更別說一個縣上的地頭蛇了！

金胖子卻哼哼道：「你們幾個很能打是吧？出手很快是吧？有沒有子彈快？」

對方有六支槍，鄭兵瞇著眼，跟江晉幾個人互相換了換眼神。因爲他們四個人沒帶槍，目前還不能輕舉妄動。

那幾個員警也很小心，雖然他們也是天天練習手腳，但要在幾分鐘內打倒三十幾個人，而且是讓對方完全失去反抗力，也遠不是他們能做得到的，看來面前這幾個人很不一般。

於是，一個員警扔了三副手銬到地上，然後用槍指著道：「兩個人一副手銬，自己銬上，快點，子彈不長眼。」

鄭兵淡淡道：「要不是我們有任務在身，倒真是要瞧瞧你們的子彈是怎麼不長眼了，陪你們玩玩，這個手銬麼，你們自己把自己銬上吧！」

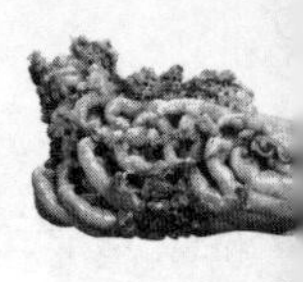

面對著六支槍還這麼囂張，幾個員警都有些沉不住氣了，雖然知道這幾個人身手很了不得，但也不相信他們在手槍面前還能怎麼樣！

其中一個就叫道：「打傷這麼多人，還這麼囂張，快點戴上手銬！」打傷的人這麼多，而且出手這麼狠，就算開槍了，那也說得過去，畢竟行兇還拒捕，按規定，員警在自身安危受到威脅時是可以開槍的。

鄭兵拍了拍手掌，對面幾個人立即更加緊張，手槍幾乎都對準了他一個人！

鄭兵幾個捋捋嘴，冷笑著說：「你們是要比槍多嗎，看看後面吧！」

幾個人一怔，金胖子率先轉過頭去，這一轉頭，七個人頓時呆住了！

在他們後面，不知什麼時候冒出三四十個身穿迷彩服的軍人，各個端著半自動步槍對著他們幾個人！

從他們全副武裝的樣子看來，這些人絕不是黑社會，或者私人武裝，而只能是：軍隊的人。

金胖子還沒有幾個員警明白，在邊境地帶，軍隊通常與警局都有合作，一般來說，都是地方上無條件配合部隊的任務，別說他們幾個小小的民警，就算是縣市裡的主管，對這些軍人也是客客氣氣的。今天一下子竟然出現了這麼多帶武器的士兵，那肯定是有大事件了！

六個員警立馬乖乖放下了手槍，有事好說，事情到了這個地步，還有什麼不好說的！第一是比不過人家，第二是自己心裏有鬼，鬧大了只會讓他們陷入麻煩。

若是一點私心沒有那還好說，但今天給金胖子弄來，那是收了好處的，平時也沒少拿他的，這事就很難纏。關鍵是金胖子今天沒弄清楚對方來頭就拉他們出手，他們還以爲只是一群從外地來賭石的商人。

金胖子也不純粹是魯莽之徒。因爲做毛料生意的，通常有錢有底子都會到他們幾家最大的毛料商那兒去，跑到周波這種小商家來的，那就表明了經濟實力不強，玩的就是小生意而已，周宣他們碰了狗屎運，弄到一塊極品好玉，金胖子便起了黑心奪下來，叫了幾個平時有勾搭的員警來，許諾這塊玉到手便給他們一千萬的報酬。

巨大的金錢誘惑之下，自然有一批不怕死的，再說，又有金胖子的保證，說周宣這一夥人不過是外地來的小客商，不用擔心，誰知道這一下子竟然捅出了特種兵來，這可是個大婁子。

第八十一章
替天行道

趙老二一時怒從心頭起，於是將玉石抱緊了，
衝到金胖子身邊，狠狠朝他屁股踢了幾腳。
他可不像江晉他們這些老手，
雖然將這些人弄得斷手斷腳的，卻又不會致命。
當真是狠人遇到了更狠的！

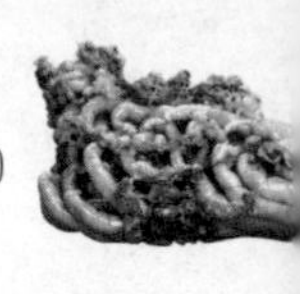

鄭兵擺了擺手，立即便竄上前六七個士兵，把幾個民警和金胖子踹倒在地，撿起那幾副手銬將他們銬成了一串！

鄭兵又對江晉道：「江晉，你打個電話給警察局長，讓他們給個話！」

另外幾個士兵上前彙報道：「連長，我們的車在前面山崖轉彎處，要開過來嗎？」

鄭兵點點頭，冷冷瞧著金胖子，然後又說：「把車開過來，再把這幾個人弄到市警局！」

其中一個士兵當即拿起對講機通知留守的人把車開過來，不到一分鐘，引擎聲便傳來，四輛軍用卡車便開到了近前。果然都是部隊的人！

這一下金胖子也慌了神，在縣裏，他可以一手遮天，但跟部隊裏的人比起來，他屁都不是，鬧大了，就算收他再多的錢，也沒有人敢出頭爲他出面，這個道理，金胖子懂得很，民不與官鬥。

他便是用錢把基層的關係打得通透，這才發了財。可如果跟上層部隊的人鬧起來，那就是他的末日到了！

剛才金胖子聽到鄭兵說要把他們送到市警局裏，心裏又驚又怕，趕緊說道：「搞錯了搞錯了。幾位首長，你們放過我吧，我認錯我認賠！」

金胖子說這話時，故意把「認錯」兩個字說得含糊一些，把「認賠」兩個字說得很大聲，用意很明顯，在他看來，周宣和這些軍人也都是貪財鬼，這個世界上哪有錢打不通的事？

但他想錯了！江晉從旁邊的士兵手裏取過一柄半自動步槍，走到金胖子身前便給了他一槍托，狠狠砸在了他嘴巴上！

金胖子「啊喲」一聲大叫，捂住嘴直叫喚，鮮血立時從手縫裏湧了出來，一連退了幾步，又一跤跌在地上。

跟他串聯在一起的幾個員警都給拉動得東倒西歪的，臉色都嚇傻了。江晉他們這些人表現得太兇悍了！

鄭兵在上北京的時候就得到明確指示，一切以他們要保護的人爲主，今天的事，他們可是瞧在眼裏的，理在自己這一方，又不輸給人，又有高層指示在前，哪裡會擔心後果什麼的，只管出手整人！

鍾琴瞧著躺在地上哀號呼痛的人，又瞧了瞧被揍得滿臉是血的金胖子，心裏驚悸之餘，卻又好奇起周宣的真實身分來！

他到底是做什麼的？爲什麼會有這麼多部隊裏的士兵來保護他？瞧他這個派頭，倒像是某個高級軍官的少爺公子，又哪裡像是一個來做毛料生意的客商？

趙老二一直知道鄭兵他們幾個是部隊裏的人，剛才也確實害怕了，但沒想到鄭兵竟然在

這麼短的時間裡弄來這麼多士兵，這可是帥氣之極的表現。瞧瞧金胖子，趙老二一時怒從心頭起，這傢伙差點就把他懷裏的寶貝給生搶了！

趙老二現在沒有半點顧慮，在自己人掌握了局勢後，還有什麼事可怕的，他又不是傻子！於是將玉石抱緊了，衝到金胖子身邊，狠狠朝他屁股踢了幾腳。

金胖子本就痛極，但趙老二的這幾腳明顯比臉上的傷痛輕多了，只是隨意配合趙老二慘呼了幾聲。

趙老二的確也沒有打人的經驗，衝上去發怒踢人，也是揀了金胖子屁股上皮粗肉厚的地方，要害部位卻是不敢下手。他可不像江晉他們這些老手，雖然將這些人弄得斷手斷腳的，卻又不會致命。金胖子也是給張山一拳把嘴給打爛了，牙齒都不知道落了多少顆。當真是狠人遇到了更狠的！

趙老二踹了金胖子幾腳，哼了哼，又忍不住踹了那幾個員警幾腳，媽的，跟金胖子同流合污，也不是好人！

鄭兵看了看手錶，才過二十分鐘，估計市警局的人過來還有些時候，沒這麼快，這事他剛剛也向上級彙報了，上面在問清了情況後又指示他，儘量不要與地方上擴大衝突，但要以周宣的安全爲主。對於這事，可以讓周宣做主，理在自己這一邊，也不怕折騰。

有了上級的指示，鄭兵更加安心了，這事只要不是公開化，鬧得再大，地方上也會內部處理。

但鄭兵沒有想到的是，就在他向上級彙報後，師部不敢怠慢，趕緊向身在京城的李雷彙報了這件事。李雷在問清了所有情況後，便向這邊的地方官不痛不癢來了一個電話。

地方官劉書記跟李雷交情頗深，因爲南方地處邊境線上，軍政關係遠比內地地區密切，再加上李雷的分量著實不輕，老友說的話雖然是不痛不癢的，但劉書記卻聽得出，李雷想要表達的意思是，那個周宣很重要，是個不能輕易觸碰的人。

越是高層的人，說話也越是模糊，這個劉書記明白。不過李雷也確實沒說假話，周宣背後可是有他家老頭子和魏老爺子頂著的。

劉書記只思索不到五分鐘，便立即一個電話打到保山市。保山市對於事情的來龍去脈根本不清楚，但劉書記交代的事，哪裡還敢再打回去問？只能趕緊下去摸清情況處理！

結果，從上到下，大大小小的官員一行一兩百人的大隊，浩浩蕩蕩便向清水開赴而來。

一路上，相關首長不斷跟市警局的人詢問金胖子的事，市警局的主管又如何不知道金胖子的事？其實所有地方都一樣，大家心知肚明，你沒公開捅婁子，沒惹到不能惹的人，那就啥事都沒有，依舊可以發你的財；但若是惹到了不能惹的人，就比如像周宣這樣有強硬背景的，那就是只能算他混到頭了。

其實，他們雖然知道周宣是個惹不得的人，但這些首長並不知道周宣究竟是什麼來歷。

當然，別說是他們，就是他們的更高層，頂頭上司劉書記也是一知半解，李雷也不會向他們說清楚。

特警大隊和刑警大隊瞧著幾個同事給銬在一串，神情看來十分萎靡。

鄭兵一招手，張山把六個員警的手槍捧了過來。鄭兵對刑警大隊的劉隊長笑笑道：「劉隊長，不好意思，幫你們管了管害群之馬，槍交回給你們！」

作爲周宣這邊的最高職位者，鄭兵過去向劉書記一行彙報了一下主要情況，雖然名義上是彙報，但鄭兵可不由他管，自然口氣上也沒有多少恭敬。

搞清楚了所有的事情後，劉書記當即盯著各層負責人員，這事的確是說大不大，說小卻也不小。在地方上鬧的都不是大事，但重點是惹到了周宣這個來頭大的人，想掩蓋也蓋不住了。本來基層上也確實有許多的問題，只是平時根本無人問津，不到火燒眉毛的時候，很多問題是得不到解決的。

市警局主管當即保證，一定嚴肅查處，給鄭兵他們一個合理的答覆。又試探著問道，請鄭兵務必請求周宣一行到局裡坐坐。對於這個邀請，鄭兵不好爲周宣做主，畢竟這是市警局主管有心要拉周宣這個關係。

周宣得知鄭兵轉達的意思後，搖搖頭拒絕了，笑笑說：

「鄭連長，我只是個生意人，做正當的生意就好了，別的事可不想插手。這件事怎麼辦是他們的事，但也請你告訴他們，只要我們在這兒沒受到不公平的待遇，也就不會有什麼事發生！」

周宣這話說得很明白，只要不會再有金胖子這種事發生，他安安穩穩做他的生意，哪有心思去搞這些關係？

市警局主管們當然不會強人所難，和氣地告辭了，並押解金胖子一夥三十多人離開，之前還當場宣布對幾個違規員警立門解職，拘留審查。

鄭兵也遣回了幾大車士兵，依舊與江晉、張山、伍風四個人開了兩輛車往騰衝方向而去。

市警局那邊則趕緊通知了騰衝縣裏的部門，加緊自律，並同時給周宣這些人大開綠燈，凡是他們去的地方，嚴令地方上不得生事，絕不能再發生騷擾事件。

同時，金百萬子的案子，馬上立案偵察，並凍結他所有財產。可憐的金百萬此時卻還在想著找平時縣裡的老關係，並一心計算著要拿出多少錢來打通關係。

鍾琴對金胖子的底細是很清楚的，如今金百萬轉眼便被周宣這幾個人給打垮了，實在像個傳說，不知這周宣到底是個什麼人？

鍾琴這時對周宣既感到神秘又覺得害怕，一開始只覺得他是個大方的有錢人，個性隨

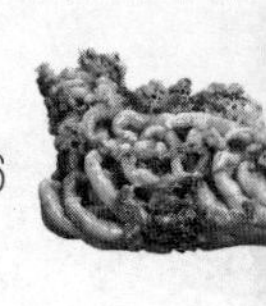

和，但現在她卻覺得，他的隨和只是表面上呈現的而已！於是，鍾琴也不再把他們往鄉下的小批發商那裏帶，而是直接把他們帶到騰衝第二大毛料點。

那裏的老闆姓林，叫林仕途，四十歲。他人如其名，起初走的是仕途之路，大學畢業後，在地方政府擔任普通辦事員，卻不得志，幾年後，乾脆辭職幹起了玉石毛料生意。

由於他頭腦精明，加上又做過公務員，雖然自己沒能做到主管職位，但對基層關係卻是十分熟悉，又容易搭上線。於是，在騰衝，除了金胖子外，就數他是號人物了。

其實，林仕途的真正實力並不比金胖子差，但他比金胖子更懂得收斂，更低調，所以外界並不十分瞭解他的底細。

周宣幾個人，包括藤本網那輛計程車，三輛車剛剛到他的工廠時，林仕途便接到了縣裏給他打來的電話，雖然只有短短幾句交代，林仕途卻立刻明白到，來的這幾個人有多重要，而且，這些人還做了一件最棒的事，就是幫他除掉了最大的對手金胖子！

這次騰衝之行，周宣的目的只有兩點：一是買到一批有翡翠的毛料；二是要整得藤本網這兩個鬼子傾家蕩產！

在林仕途的毛料廠裏，周宣才覺得真是開了眼界！

若說周波那裏的工廠已經是周宣見到過的最大規模，那林仕途的毛料廠跟周波的比較起來，就像是石料加工廠和山上開採石料的工地之間的區別，你再大還能大過出石頭的地方？

林仕途的廠房地址並不在鎮上，而是在離鎮上兩公里外的地方，廠地也更開闊，面積比周波的至少大了三倍以上，圍牆和廠房裏到處都有攝影機，一律採電子監控。

除了一大片廣場的毛料外，廠房裏的優質毛料更是數量多了周波十倍以上。十幾間大廠房連在一起，兩大排架子上堆滿了有綠的毛料。

一進這連串的大廠房，藤本網和伊藤近二瞧見架子上這麼多綠得誘人的毛料後，立時覺得心癢難搔，在周波那兒見到趙老二撿到的那塊翡翠，給叫到一千七百多萬的天價，想想就興奮得不得了，而且趙老二那玉還沒競價到最後，明顯還有往上漲的空間！

藤本網心裏想，林仕途這兒毛料多得跟沙子一樣，要是自己選到一塊也能賣到一兩千萬該多好！不過這麼多的毛料，到底哪些有翠，哪些沒有翠呢？

藤本網的腦子油滑得很，只要一想到哪方面容易賺到錢，立馬便會把所有念頭都轉到這上面來。他在美國做了幾年的經理，見識和能力都不差，現在一想到賭石，馬上便想著要弄什麼儀器工具之類的去透視石頭。

林仕途這兒的生意人更多，比周波那兒的客商至少多了十幾倍。這長長的廠房裏，到處都是在仔細看毛料的人。

林仕途對周宣這一群人很是注意，叮囑了手底下的人，絕對不能招惹，但也不要做賠本

買賣，裝作不知道就行了。

林仕途本人對周宣只是客客氣氣招呼到廠子裏，這就是他的高明之處。像周宣這種有背景的人，根本就不會稀罕像他這樣的人奉承，所以即使他要拉關係，用意也不能明顯，得在不經意之間對他好，這樣周宣才會注意他，才會對他有好感。

周宣讓趙老二跟鄭兵他們隨意瞧瞧，他自己到架子上獨自看看這些毛料。周宣知道自己的特異之處，儘管從外表上瞧不出有什麼不妥，但他還是不願意給人盯著使用冰氣，所以才要一個人去瞧毛料。

藤本網他們也興致勃勃地跟著去瞧毛料，這廠裏瞧起來有不少好手，或許跟他們就能學到不少經驗。

周宣運起冰氣，從最前面一端測起，然後慢慢往另一端走去。冰氣探到處，毛料的虛實無所遁形，直到幾個小時下來，周宣把十幾間廠房的毛料全都探了個遍。

一路探測下來，周宣倒真是有些驚喜！林仕途這兒的毛料多不說，其中含翡翠毛料的數量，更是遠遠多出以前見過的幾家。

這裏的毛料中，玻璃地極品翡翠就有兩塊，一塊有拳頭大，一塊卻有大碗般大。其次是冰地水種，紫羅蘭種翡翠更是多達三四十塊。周宣還測到四塊紅色的翡翠，應該是叫紅翡了，雖然不知道價值，但卻是他第一次見到的。

最好最大的那塊玻璃地翡翠，其實從外面看並不怎麼好，毛料表皮上便如一枝毛筆沾了綠色顏料，在石頭上攔腰畫了一筆。

另外那塊小的翡翠毛料，外形卻是小了很多，裏面的翡翠只有拳頭大，而外殼的石頭也很薄，表皮石頭層大概只有一公分多厚，最厚的地方也只有兩公分左右。但這塊毛料的綠卻很好，有一種舒適的寶綠，只是因爲個頭太小沒引起多少人的注意。

周宣便先拿了這塊毛料，走到林仕途身邊，笑笑舉了舉手中的石頭，說道：

「林老闆，瞧了半天，還是先買塊小石頭試試手氣吧！」

林仕途向身邊的女工招手示意了一下，那女工立即上前瞧了瞧周宣手上這塊毛料的下端，周宣也彎腰注意了一下，這才看到自己拿的這塊石頭，底端有一片商標紙一樣的紙片貼著，紙片上面有號碼。

那女工將號碼輸入身邊一張臺子上的電腦，然後對林仕途說道：

「林總，這塊四十八號的料，起價是四十八萬。」

周宣怔了怔，難道是號碼多少就是多少錢？那自己也許該找一號吧？但想想也知道分明不是如此，應該只是碰巧罷了。

在騰衝，只有林仕途和金胖子的貨才是真正的緬甸老坑玉。在緬甸，政府在二十年前便開放了玉石開採限制，規定私人老闆可以通過投標獲得「場口」，也就是玉石山的開採權，

場口的大小由投標大小決定。

得標的老闆可以雇機器上山開挖，但挖出的玉石必須要先交給政府，然後運到緬甸首都仰光，由政府組織拍賣會拍賣。

儘管如此，仍然有一部分石頭還是會被悄悄留下來，穿過崇山峻嶺，運到了泰國或是國內的騰衝和瑞麗。因爲，得標的老闆差不多都是緬甸華人。

在國外，做玉石生意的幾乎都是華人，世界上只有華人對翡翠最爲情有獨鍾。別看毛料和打磨出來的翡翠價格不菲，但在緬甸的價格並不太高。因爲緬甸國力較弱，普通民眾的生活水準比較低。

在緬甸，有很大一部分人會到礦上做採礦工人，因爲採礦收入在緬甸國內來說，還是一份較高的薪水。當然，收入高自然就有高的理由。

緬甸採礦場口的自然條件極爲艱苦，有玉礦的山脈都是原始森林，緬甸又是一個不分四季的地方，每年從五月份開始就進入雨季，一直要下到十月份。雨水經過山上沉積的腐樹葉，流下來的水流都是黑色的。

在這種水中，有一種蚊子，咬人後很容易讓人患瘧疾。因此，採礦的工人每年都有很大一部分會死掉，死因多是患這種瘧疾，所以採礦場口的工作又被稱爲死亡工作。

周宣來這兒之前一直還想著，如果有可能的話，他還想到緬甸走一趟，親自與玉礦主打交道。顯然，他不懂緬甸那邊的管理。

其實去了也是白去，玉礦採出來的貨，都要由緬甸政府公開拍賣，而私下裏盜出來的玉礦石只能是通過私下管道經營，如果給抓到，懲罰也是很嚴厲的。當然，政府裏管這一方面的官員，也同樣有營私舞弊的行爲。

周宣握著手中這塊毛料，瞧著笑了笑，道：

「四十八萬就四十八萬吧，有沒有人加價？」

在場的都是來自全國各地的珠寶商，其中有些更是有很大名氣的品牌店採購商，包括港臺以及國外的客商，很多都是來騰衝多年的熟客。

有經驗的人也不少，周宣手上這塊毛料，綠是很好，但個頭太小，很容易切壞。對於有經驗的人來說，大家都不願意賭這樣一塊石。

周宣一出手，藤本網和伊藤近二就圍過來了，他們是想瞧瞧周宣運氣好不好。雖然他們也很想賭，但畢竟手頭只有四百來萬，這些毛料一出手就是幾十過百萬的，他們不敢輕易就出手，先看看再說。

周宣先挑了這塊小的，就是想要用挑一中一的運氣來引誘藤本網，然後再讓他們沿著自己設下的陷阱，一步一步往下走。

周宣這第一手賭的，也是其他客商嫌棄這塊毛料的小個頭而不願意出手。

果然，說了價錢後，圍在一旁的客商們都微微搖頭，不是沒錢，而是不想浪費錢，在這些人看來，真正冒險的事他們不會出手。

周宣對林仕途笑了笑，說道：「林老闆，真不好意思啊，沒人競拍，這塊石頭就是我的了，你這兒收支票嗎？」

林仕途淡淡道：「好說，好說，周老闆說哪一種方式，就用哪種方式吧。」

周宣頓時對這位林老闆有了幾分好感。這人並沒有刻意表現出對他的奉迎，但不經意間淡淡的示好，卻又讓周宣感到很舒服。

這種賭石生意向來都是現金交易，如果不是很熟的老客人，要用支票的話，就得在騰衝多待一兩天，等到支票兌現後才能把貨拿走。而林老闆剛才的話，無疑是把周宣當成了很熟、交情很深的客人，半點也沒提起支付交易會有的那些問題。

周宣笑了笑，隨即從皮夾裏取出支票，填了四十八萬的數字，然後遞給了林仕途。

林仕途也沒有仔細瞧，隨手就交給了身邊的那個女員工。

「林老闆，還麻煩你一下，我想現場把這塊料解出來！」

周宣笑呵呵地說著，林仕途臉上也堆起了笑容，招了招手。

他身後有兩個五十來歲的老頭兒，一個姓陳，一個姓趙，都跟周波的叔叔一樣，是騰衝這兒幾十年的老解石師傅，尤其是趙師傅，是騰衝的幾個臺柱子老師傅之一。

金胖子手底下都還沒有趙師傅這麼高技藝的工人，他一直想把趙師傅挖過去，但趙師傅總是推說年紀大了，這一年幹完就退休了，要回家養老，金胖子也不好強迫。再說，林仕途還是有點分量的人，他也不好公開撕破臉。

趙師傅上前接過了周宣這塊石頭，仔細瞧了瞧，石頭比拳頭大不了多少，要解開不能用切的，只能一開始就用擦的，從邊皮表層慢慢往裏擦，研究了一下，便問周宣：

「周老闆，這塊毛料，你自己想要怎麼解？」

趙師傅這樣問，通常是先詢問毛料新主人，他們願意怎麼解就怎麼解，一旦解壞了裏面的翡翠，那也就好說了，如果以解石師傅自己的經驗和技術來解，一般就不能解壞，當然，他們其實也沒有絕對的把握。

石頭裏面的翡翠與表皮層石頭只有一公分左右，石頭外形也是不規則的圓形，無論如何都不能用切的方法，就算經驗再少的解石師傅也知道是要用擦的了，根本不需要周宣自己指明要怎麼切。

周宣笑笑說：「老師傅，我想您老的技術根本就不需要我來指點，您就做個主吧，就算有什麼萬一，那也無關緊要。」

趙師傅點點頭，沒有再說話，以他的經驗和技術，只要這塊毛料裏面有玉，他是不可能

解壞的。

調整了一下擦石的細砂輪，石頭不能太固定在機器上，那樣會沒有把握，有些細微的地方必須要用手感才行。小石料的擦石就用小的砂輪，趙師傅用的這個砂輪片只有十公分的直徑，砂輪機有手柄，趙師傅抓著柄部，把輪片湊到石頭上的無綠處擦磨起來。

所謂龍到處才有水，在解石這一行中，龍的意思就是指翡翠毛料上出的綠，賭石的人通常都是以毛料表層有沒有綠，或者綠的多少、綠的走向來判斷。

有時兩塊毛料上的綠都差不多，但高手就能從一些極細微處分辨出，綠的走向是由裏到外，還是由外到裏。如果是由裏到外的，那就極有可能裏面有玉，如果是由外到裏的，那就要注意了，所謂近朱者赤，近墨者黑，近翡翠的石頭，年長日久後就會有綠浸出來，這就是所謂的毛料綠了。

分辨這些，當然就需要很高深的技術和多年的經驗。

這一行中，賭石的人要怎麼選，當然是八仙過海，各顯神通了。但無論如何，毛料上有綠，出玉的可能性才大，綠越好，出上等或者極品翡翠的可能性就更大。

當然，也沒有百分之百的事。賭石之所以那麼誘人，就是因爲它沒有確定性，如果只看石頭表層有綠，且綠得好，那毛料就能出好玉或者翡翠，那就不叫賭了，買了就是。

賭石的變化莫測才讓賭石玩家們前仆後繼，即使明知道這一腳踩下去可能就是萬劫不復的深淵，但很多人依然不顧一切地一頭栽進去，因爲賭石就是這麼神奇，有時候好綠也未必出好玉，狗屎地裏也有出高綠的幸運事！

趙師傅擦石的時候，藤本網和伊藤近二便靠近了觀看著。旁邊看擦石的客商倒並不多，大家都在忙自己的，懶得爲這麼小的石頭傷神。

趙師傅才剛剛擦到十來秒，手勢就微微頓了一下，因爲他看到砂輪才剛剛擦開表層，裏面便露出了鮮豔的濃綠，這從外面表層擦出綠，跟從外面的綠擦進去可完全是兩個概念，從無綠處擦進去，裏面現綠了，那是由裏到外的綠，基本上可以斷定有玉了，至於是一般的玉還是上等的翡翠，那就要看綠的差別了。

以剛才擦出來的綠來看，綠意飽滿，鮮綠，水意十足，彷彿便要滲出水來一般，趙師傅心裏便肯定，就這現在綠處再進不到半分，便是翡翠本體了！

第八十二章
獨門絕技

在賭石這一行中，很多經驗是彌足珍貴的，
就像那些武林門派的獨門絕技一樣。
師父通常不會把絕招輕易傳給弟子，
就算傳，也只會傳給最嫡系弟子，
以至於後來代代失傳，再厲害的武功也就斷了。

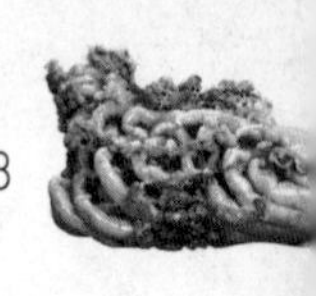

在旁邊觀看的幾個客商頓時驚呼道：「賭漲了，賭漲了！」

他們這一驚呼，立即便有很多客商圍了過來。

藤本網不禁暗道：周宣這又賭到了？就這麼屁大一塊石頭就能出玉？這也太好賭了！

趙師傅便停了下來，一般解石出綠後，都要看毛料的主人要不要就此趁好轉手。人群裏便有一堆客商上前想瞧個仔細。

這毛料雖然個頭小，但趙師傅剛剛擦出的綠可不是跟外層表皮的綠一樣了。外層表皮那明顯還是石頭，雖然有些綠，但不是翡翠綠，而趙師傅剛剛擦出來的地方，明顯已經出翡翠了，如此淺的表皮層就出翡翠，那就是說，這塊石頭裏面的翡翠很有可能不小。

而且，那個綠確實是很好，鮮豔，飽滿，水頭又足，就算做幾個戒面，以現在國際市場上的價格來說，這種上等玻璃地陽綠水種面料，一個戒面便可以高達五百萬元以上。趙師傅剛剛擦出來的面積怎麼也有三公分左右，截至目前這個面積，至少就可以做兩個戒面了。

那個客商瞧了瞧，便道：「小弟，我出四百萬元，你可願意出手？」

藤本網和伊藤近二知道周宣又賭漲了，但絕沒想到趙師傅就這麼輕輕一擦，才顯現了那麼一點綠色，價值立馬就漲了十倍，這錢也太好賺了吧？

周宣買這塊毛料的價格是四十八萬，這個客商也是知道的，而從現出來的那點綠來講，他給的四百萬價格，說實話，雖然略低，但也不過分。

他這樣一說，當即有另一個客商道：「我出四百五十萬！」在場的客商圍過來的人越來越多，大家都是同道中人，玩的就是這個，出了好東西自然就會聞風而動。

接連有人出價，但漲價的幅度不算大，五萬十萬的，加了幾次，價錢也還只有四百八十五萬，才真正本價的十倍，五百萬都沒過。

林仕途這個時候朝周宣微微一笑道：「周老闆，我看這樣叫著也沒意思，大家都是明眼人，我給一千萬吧。」

周宣怔了怔，就以目前趙師傅擦出來的這一點來看，一千萬已經是通天到頂的價了。如果裏面翡翠的體積剛好只有表面這麼一點的話，那一千萬買進根本就賺不到錢。林仕途給的這個價錢，周宣知道他有示好的意思了。

林仕途其實只是想替周宣解決一下眼前的圍攻場面。他一直在暗中注意周宣的表情，越看越覺得周宣很不同於常人。周宣那種淡然的表情，明顯是不想在這個時候出手，不管後面會不會賺，他都不在乎眼前的利潤，所以當即便替他出了一千萬的到頂價。

要是周宣覺得滿意的話，想來他也會對自己有好感，自己就當不賺錢，賠本賺了一回吆喝，只要能引起周宣的興趣，說不定他會在自己的場子裏豪賭一把。再說，周宣如果真不想在這個時候出手，那自己也算幫他擋了駕，也是好事。

周宣自然知道林仕途是故意對他示好，便笑了笑，說道：「林老闆，多謝了，不過，我還想請趙師傅再擦一擦，看看有多大？」

林仕途心想，果然是這樣，心裏越發佩服起周宣的鎮定和沉穩來。如果一般的賭石玩家，在他出了這個價格後，絕對會轉手，但周宣卻拒絕了。

趙師傅在周宣的示意下，又開動砂輪擦起另一側的表層來。這是另一側無綠處。在嘶嘶的聲音中，周圍人群的視線都集中在這塊石頭上。趙師傅用力又極謹慎地擦著石頭。

跟第一次擦的時候差不多，甚至時間還要更短幾秒，趙師傅便見到陡然的綠出來，趕緊停了手，關了電源。

這時，周圍的客商們情不自禁地都發出了驚嘆聲！

林仕途也不禁暗暗佩服周宣的冷靜和運氣。趙師傅這再次擦石，毛料的表皮層依然這麼淺，從現在的形狀來看，至少能出三個到四個的鐲子料，餘下的還可以做六七個戒面。

市場上的正貨上品鐲子，價格都超過了一千萬，三個鐲子，六個戒面，總價已經超過了六千萬。當然，這只是成品總賣價，如果是在這兒現場賣的話，周宣這塊翡翠的價值最多三千到四千萬之間。

這個時候，再也沒有客商出價了。大家都心知肚明，周宣自己也明白，想要再賭翡翠的大小體積來賺取風險利潤已經不可能了，乾脆等趙師傅把毛料全部解出來後再來說吧。

周宣的這塊毛料屬於珍品了。凡是賭石的人都知道，像這樣的好品質的翡翠毛料是可遇而不可求的。因此，大部分客商也都停止了選料，圍過來瞧趙師傅擦石。

趙師傅則仔細又小心地把沒綠的灰白處擦出來，然後再擦現綠的地方，一如所想，其他地方的表層果然都很薄，薄的地方只有一分，厚也不超過兩分，有的地方，只要擦進去半分左右，把如霧狀的石質層擦掉後就現出了玻璃狀純淨如水的內質，如蔥如翠，鮮綠無比！

擦石可是比切石的活兒繁雜細緻多了，也費時得多，趙師傅把初步的工作做完後，那塊比拳頭略大的翡翠已經現出真身來。那翡翠的水頭，豔綠，透明度，無雜質的翠體都可以表明，這是一塊極品陽綠翡翠！

周宣的目的達到了，這塊料好，值錢，足以引誘藤本網和伊藤近二的賭性。

「各位，如果有意要這塊翡翠的話，請出價，至於水頭，質地和顏色，就不用我來贅述了，大家都是行家，呵呵！」

周宣笑呵呵地一攤手。石頭解出來了，他也沒有非要留在手中的意思。

在周波那兒，自己還有幾十塊毛料，這塊翡翠賣掉後，一是可以強烈地刺激藤本網這兩個日本小鬼子的欲望，二是可以擁有現金，不用掏本錢便可以進回毛料，這樣的事何樂而不

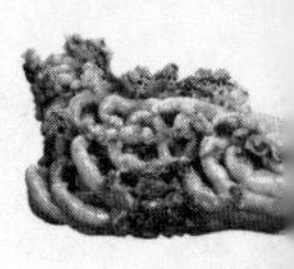

為呢？

「兩千五百萬，我出兩千五百萬！」

那個最開始給周宣出四百萬的客商依舊最早出了價，兩千五百萬的價錢按實際來說，還是頗低，但生意場是這樣的，沒有人會一下子就把價錢頂到最高處，如果沒有人競價，那不是就能以比較低的價錢買下來嗎？

「兩千六百萬！」

「兩千七百萬！」

「三千一百萬！」

出到三千一百萬的時候，再加價的客商們就有些猶豫了，畢竟現在市場上出現這麼好的翡翠很少，所以也沒預計到會支出這麼大一筆現金。

還好，林仕途這兒來的都是大客商，加上金胖子那兒被封掉，幾個最大的珠寶商都轉到了林仕途這兒來了。

藤本網和伊藤近二可真是眼睛都快掉出來了，剛開始還覺得周宣掏四十八萬買這麼一小塊石頭實在是太冒險，但後來就擦了那麼一下，這價格幾乎一下子就漲了十倍，再擦幾下，這價錢立馬又變到三千多萬！

到底是自己瘋了，還是這些人瘋了？

藤本網額頭身上到處是汗水，比自己賭中了這塊石頭更緊張，更刺激！

「三千三百五十萬！」

這個價錢也差不多了，再加價的客商明顯都在猶豫。

最終的成交價是三千五百萬。

因爲周宣第一次來這兒，跟他成交的客商也不相識，林仕途首先就替他出了面，笑道：「老張，這位周老闆是第一次來，也算是我的客人，呵呵，我就替他做個保，這個翡翠我替你保管一天，明天支票兌現後再交給你如何？」

那個老張當即點頭同意。他跟林仕途是多年的交情了，當然信得過。而且林仕途雖然不張揚，但圈子裏的人哪個不知道，林仕途的身價絕對在十億以上，只多不少。

周宣當然是沒意見的，笑笑把支票收進袋中。

趙老二哪裡沉得住氣，趕緊把自己那塊翡翠拿出來，讓林仕途幫他叫價出手。

趙老二這塊料也是好料，雖然面底處的質地略差些，是冰地，但上面的玻璃地體積跟周宣這塊差不多，甚至還大一點，只是透明度似乎差了些。到底不是老坑料，不過也算是極難得的好料了。

趙老二滿懷期待地等著林仕途幫他拍出好價錢。雖然一開始在周波那兒拍到了一千七百萬的價錢，但畢竟是沒有變成錢啊！

藤本網這兩個鬼子依舊興致勃勃地繼續瞧著，興頭不減。

周宣不理他們，隨他們出價。這時候，人們的注意力又集中在趙老二的翡翠上面，畢竟，一連見到兩塊好翡翠可真是極爲難得的事。

誰也沒有把心思放在周宣身上，要是沒有趙老二又拿出翡翠來，也許還會有人瞧瞧他，起碼他是賭漲了的賭客玩家。

周宣趁亂徑直走到自己最先探測到的那塊最大的翡翠毛料那裏，這塊毛料沒有人選中，因爲表皮綠太少，綠也不好，就淡淡的有如毛筆劃過一條痕跡一般，但內地裏卻是體積最大的一塊玻璃地豔綠翡翠！

周宣仔細瞧著眾塊毛料的外形和顏色，現在有的是時間，也想好好研究一下。周宣是知道自己的底細的，如果不是冰氣異能，他可真是差得不是一星半點，如果僅憑著自己的認知來賭石，怕是要連地底下的姥姥都搭進去！

就在周宣仔細瞧的時候，旁邊有一位年歲差不多六十左右的老人也湊身過來，笑了笑道：「小夥子，也喜歡賭石？瞧得怎麼樣？」

周宣看了看老人，個子不高，但很有精神，一雙眼炯炯有神的，周宣趕緊有禮貌地回答道：「老先生，我也就胡亂瞧瞧，不懂的，瞎看！」

那老頭兒瞧瞧周宣那塊石頭，笑笑道：

「小夥子很謙虛，賭石這一行啊，包含的內容實在太多了，不可能是短時間明白得了的，有很多經驗是時間積累出來的！」

周宣對這個老頭兒頗有好感，雖然像是說教，卻不是炫耀，也不是自大，彷彿只是對後輩的叮囑，便微微笑著說道：「老先生，您說得是，我是剛入這一行的，沒什麼經驗，老先生可以說一說麼？」

那老頭兒笑笑道：「聊聊當然可以，經驗是很重要，但也有時候會出錯，人是活的，凡事也不能一概而論，呵呵，咱們就拿你手中這塊石頭來聊吧。」

周宣把這塊毛料放到架子上，然後請這老先生看。

這塊毛料重約七八十斤，呈不規則圓形，除了腰中一條極細的玉帶狀綠，其餘通體皆為灰白。那老頭兒把石頭上的玉帶綠轉動著瞧了一遍，帶綠也沒有整圈，只是約有一半，再又瞧了瞧整塊毛料的其他地方。

沉吟了半晌，老頭兒才說：「小夥子，你瞧，這塊毛料的表皮上，呈半風化的沙粒有貝殼紋一般的形狀，這說明，這塊毛料原石局部受到方向性動力變質與熱液蝕變作用的共同強烈影響，這是很典型的翡翠生成的環境之一。翡翠是在數千萬年前的地質運動中產生的，大凡懂翡翠的人都知道，翡翠礦石的產生並不是在很深的地層中，而是在較淺的地表層，通常還要有高達零下兩百度以上的低溫才能形成，這就是翡翠為什麼在地球上這麼少，而分佈又

局限在緬甸這一塊的原因，你再瞧這個！」

老頭兒說著，又指著那腰間的帶狀綠說道：「你再瞧這個綠帶的下面，這塊毛料真正的臍帶上卻沒有綠，但有松花。這松花像魚鱗一樣，顏色深黑，這表明種很老，是真正的老坑種毛料。」

「呵呵，毛料也要分種老？」周宣聽得有趣，笑呵呵問著。

「當然要分了，對於賭石的人那更是講究！」老頭兒又不厭其煩地跟周宣解釋著，「俗話說，寧買一條線，不買一大片，說的就是對這個表皮層綠的講究。」

周宣很是好奇，什麼「寧買一條線，不買一大片」，這些口語可從來沒聽說過，便問道：「老先生，這又怎麼說？」

「寧買一條線，不買一大片，這個是賭石時對毛料的一種目測經驗。通常有經驗的老師傅就會仔細查驗，一條線狀的綠，出翡翠的可能性有時候反而更大一些，一大片綠的毛料可能反而沒有翡翠。當然，這其中另有學問，也只有賭石高手才會這樣看。」

老頭兒又仔細地說了起來：「小老弟，就你挑的這塊毛料，一般的人不會要，種雖老，但綠太少。」說著，老頭兒又到架子邊上拿了一個噴水的瓶子，往周宣挑的這塊毛料上噴了一點水，然後伸手指在毛料噴水處一摸，笑說道：「小老弟，你也摸摸看！」

周宣依言摸了摸，手指上沾了幾顆細砂子，便瞧了瞧老頭兒，問道：

「老先生，這又是什麼意思？」

老頭兒笑笑道：「這塊料是黃白沙，上水後有細沙脫落，表示水頭足。這種料又稱作黃聰皮，種很老，但並不見苔蘚狀或黑色帶蓋。所以這塊料以有經驗的高手來看，也是不會出高價的，若是有苔蘚和黑色帶蓋，那倒是一塊好料。不過，世事無絕對，你瞧瞧其他賭石玩家，他們衝著的就是表層綠多的毛料去的，呵呵，結果通常都以賭垮告終。賭石啊，最好的格言是多看少買。多看是一個選擇過程，也是一個積累和驗證經驗的過程，是買的前提，少買，是提醒你要看好了再買！」

周宣聽得舒暢不已，這些經驗，他憑感覺就知道是真正的好經驗，是拿錢都買不到的。如果他沒有冰氣的底子，那他恐怕也感覺不到這些話的細微妙處，這就像一個功課很好的學生，有難題時，只要老師給他提醒一下，他就能馬上明白過來，但若是提醒的這個對象只是一個幼稚園小朋友，那無論這個提醒是多麼的關鍵和重要，他都不會懂。

老頭兒說的這些話，頓時讓周宣有恍然大悟的感覺，但回過頭來又很奇怪，這些經驗都很寶貴，這老頭兒爲什麼要對他傾囊而出？他們才剛剛見面呀。

「在賭石這一行中，很多經驗都是彌足珍貴的，就像那些武林門派的獨門絕技一樣。師父通常不會把絕招輕易傳給弟子，就算傳，也只會傳給最嫡系弟子，以至於後來代代失傳，一代藏一手，傳幾代下來，再厲害的武功也就斷了。」

周宣有些警覺，一開始以為跟這老頭兒只是無意閒聊，現在才警覺到老頭兒是有意為之，凝了凝神，盯著老頭兒問道：「老先生，請問您貴姓？」

老頭兒微微一笑，也不隱瞞，說道：「我姓林，叫林禮佛，是這兒老闆林仕途的父親！」

原來是林老闆的老子！

周宣一下子就明白了，原來還是林仕途有意討好他，派了經驗豐富的老頭子來給自己傳經驗，呵呵，看來林老闆真是有心。無論如何，周宣都對這個林仕途有了好感。

林老頭兒又笑笑道：「小周老弟，再瞧瞧毛料吧，一起挑挑看！」

周宣伸手抱起了剛才看的這塊毛料，搖搖頭說：「林老，我就要這塊了，反正綠也不多，您老說的又沒有苔蘚和黑帶蓋，估計價錢就應該便宜嘛，便宜的東西就買著玩，好長見識！」

林老頭兒也笑笑說：「那好，過去瞧瞧他們折騰得怎麼樣了！」

這時候，趙老二的那塊翡翠已經在林仕途的幫忙叫價下，最終以兩千一百六十萬的價錢被一名南方珠寶商人買下了。趙老二的支票已揣進衣袋裏，胸口卻還在撲通撲通狂跳。兩千多萬的真金白銀啊，實在不敢想像的事情！

趙老二的這塊翡翠雖然也是玻璃地，但透明度比周宣那塊略差了些。雖然就差了這麼一點，可價錢就差上了一大截。

雖然比周宣的那塊少了近一千萬，但趙老二還是心滿意足了，來時就指望著跟周宣學些經驗，好好做事，以後跟著他發財，沒想到就這麼隨便一抱，便抱來了兩千多萬，現在，自己已經成了不折不扣的千萬富翁！

周宣抱著石頭跟林老頭兒走過來時，林仕途正在拍另一塊毛料，這塊毛料有面盆大，除了面上有碗大一片魚鱗狀的深藍綠外，其他地方倒是無綠。

周宣把石頭放下地，拍了拍手上的石砂屑，又拍了拍明顯很激動的趙老二，讓他鎮定些，接著便運起冰氣，把周圍十幾米以內的大小動靜都收在他的腦子中。

藤本網離他們大約只有四米遠。周宣冰氣運起，聽到藤本網悄悄跟伊藤近二用極低的聲音說著：「要看準點再下手，我們只有四百二十萬的實力，瞧準機會再出手！」

只要他們動了心就好。周宣心裏就想著。

林仕途還在拍賣中，這塊毛料是一個小客商挑出來的，綠雖不是很多，但是碗大一片，瞧著也不錯，關鍵是價錢也不太高，比周宣剛剛那四十八萬的毛料價錢只高了三十萬，底價是七十八萬。

藤本網兩個人剛剛見到趙老二的翡翠又賣了幾千萬，一顆心再也抑制不住，見到周宣轉

了回來便悄悄靠近了些，這兩個人無端端都撿到寶發了大財，若說是一點不懂，藤本網那是打死也不信。

周宣運起冰氣測了測林仕途面前的那塊毛料，毛料裏面還真有玉，有碗大一塊，只不過裏面的玉是半透明狀，綠中現青，有青色石花，質地也不勻，有些雜質，應是青花地。

周宣對翡翠雖然不是特別懂，但發了這麼大幾筆財後，也知道好壞翡翠的差異。青花地實際是比較差的，這塊青花地裏還有雜質，又不均勻，只適合做玉雕，要說價錢，只怕是五千都沒人要。

周宣一測到實情，當即靈機一動，冰氣探到藤本網正注意著自己，當即低了頭對趙老二道：「老二，林老板正拍賣的這塊毛料有翡翠，看看別人怎麼競價，只要不超過四百萬的，我們就把它買下來，又能發一大筆財呢！」

趙老二正激動著，一聽周宣的話，當即連連點頭，說道：「好好好，要發財就趁這一股子運氣，呵呵，賺大錢全憑有運氣啊！」

周宣的聲音雖然有意壓低了些，但靠近他身後的藤本網卻是聽得清清楚楚的，周宣跟趙老二一說完，藤本網和伊藤近二就趕緊擠到人群前面。

這時候也有兩個人出了價，一個出八十五萬，一個加了十萬，九十萬。

最開始瞧中的那個客商又添了五萬，剛好到一百萬整。

加價有點慢。不過，以這塊毛料的綠，也加不到更高的價錢上去，這倒是方便了周宣。

周宣摸了摸下巴，笑笑對林仕途說：「林老闆，我出一百五十萬！」

一下子漲了五十萬，這讓其他幾個人都有些卡住了，畢竟這塊毛料不是很看好的，價錢低才叫一叫，如果高了，那就不想競下去。

周宣朝著趙老二遞了一個得意的神色，當然，這神色表情全都落在藤本網的眼裏。

林仕途見周宣又對這塊石頭感興趣，當然不敢以太高價賣給他，趕緊道：

「一百五十萬，沒人要了吧？一百五十萬一次，一百五十萬兩次……」

還沒叫完，便聽到有人喊道：「我出一百五十五萬！」

林仕途眉頭一皺，怎麼還有人跟周宣搶，瞧了瞧，出價的兩個男人偏偏又是他不認識的！

周宣聽到藤本網叫出了聲，心裏就像繃緊了的弦！

藤本網終於忍不住出手了。

周宣定了定神，林仕途以爲周宣還想要這塊毛料，就故意慢了些，沒有叫第二次。

周宣微微一笑，又加了價，道：「我出兩百萬！」

這一加就是近五十萬，讓別的人都不敢出口加價了。

周宣倒是不怕，因爲他賭的就是藤本網兩個人的賭性。他倆對翡翠是真不懂，因爲不懂

才更容易受刺激，剛剛周宣和趙老二的現身說法，足以讓藤本網他們瘋狂了。

周宣越是狂猛加價，藤本網越認爲這塊毛料中有翡翠，也越發想得到。周宣加了四十五萬後，藤本網想也沒想便道：「我出兩百零五萬！」

周圍的人都不禁面露微笑，藤本網這一下加五萬的小家子氣，如何能跟一下子就加五十萬的周宣比？

周宣愣了愣，然後沉聲道：「我出三百萬！」

人群中聽到三百萬的報價時，都不禁唏噓了一下，這塊毛料根本就是溢價了，周宣的搞法純粹是亂扔錢，剛剛發了財，恐怕是有點錢咬手了。

藤本網喘了喘氣，確實有點心慌，這可是他們好久才騙到的四百萬，要拿在以前，幾百萬的錢對他們來說算不了什麼，但現在可是吃緊得很！

「三百零五萬！」

藤本網咬著牙又加了五萬，看來周宣是想把這塊毛料吃下了，越發覺得這塊料裏有翡翠，不過雖然在加著價，但心底裏還是有些悲哀，憑周宣的財氣和一副志在必得的樣子，藤本網也就是在盡力而已，沒有絲毫的信心能鬥得過周宣，而他的家底也只容許他再往上加到一百一十五萬了！

果然，周宣沉沉又道：「我再加到四百萬！」

藤本網心裏就像是被揪住了般地緊了一下！

這個該死的周宣，果然一加又是一百萬！

藤本網覺得手指嘴唇都有點哆嗦起來。心裏嘆息起來，現在真是虎落平陽被犬欺啊，一文錢難死他這個英雄漢了！

把揪心的緊張再按捺了一下，藤本網終於又顫顫著道：

「四百零五萬！」

周宣卻在這個時候沉默下來，似乎這幾下把猛氣發揮乾淨了。藤本網心裏則是又驚又顫的，一開始是偷聽周宣說過，這塊料他們最多只加到四百萬，再高就不要了，現在看來，果然是這種態勢！

不過，周宣猶豫了一會兒，卻還是咬了咬牙，狠狠地道：

「我再加十萬，四百一十五萬！」

藤本網就只差破口大罵了！

這廝倒真是會出價，不過看樣子也像是到了盡頭，藤本網臉紅脖子粗的，捂著胸口艱難地道：「四百二十萬！」

這是他最後的底限了，最後的五萬家底都加上去了。

林仕途卻是不痛快，不知道哪裡冒出來兩個傢伙，跟他的意願作對，但又不能公然說出

來，難道還能明明白白地說：「你們別出價，我這塊料只賣給周宣？」

藤本網加了最後這五萬塊後，喘著氣把手撐在伊藤近二的肩膀上，不過伊藤近二也好不了多少，兩個人都像是累垮了的鬥雞一樣，兩顆眼珠子瞪得大大的，直盯著周宣。

周宣似乎是很可惜地搖了搖頭，然後嘆息了一聲，擺擺手，最終放棄了！

林仕途一怔，這可不像是周宣啊，難不成想要的就這麼放棄了？再多十萬八萬對他來說，應該不算什麼，瞧得出，藤本網這兩個喊價的差不多就是強弩之末了，也許再多五萬就能壓垮他們！

但周宣卻在這個時候鳴金收兵了，老練的林仕途隱約覺出了一絲怪異，但到底是什麼也弄不清。若說設套子的話，這毛料可是他林仕途的，跟周宣也沒關係，但周宣這個競價法，絕對是讓藤本網兩個人掉進坑裏的做法，只是，周宣又如何能肯定那兩個人會加價？如果不加價的話，那不是他自己就虧了？

這個時候，也沒人再加價了，林仕途宣佈毛料以四百二十萬的價錢成交。

藤本網哆嗦著把銀行卡掏出來，林仕途的那名女工趕緊把筆記本電腦拿過來。

對於客商們的付款方式，林仕途這兒早就有準備，一瞧藤本網的樣子，那就是要用網路銀行。

藤本網本就是做銀行工作的，對這些當然熟得很，把他的銀行網頁打開，輸入轉賬金額，林仕途的女工又給了他銀行帳號，藤本網輸入帳號後，又插上了電子印章，轉賬也就在這一瞬間完成。

很快，林仕途的女工查了查賬，點點頭，對林仕途道：「老闆，四百二十萬，到賬了！」

林仕途微微點頭，對藤本網道：「這位先生，這塊毛料屬於您的了！」

伊藤近二興奮地用日語叫罵了一聲，然後又對林仕途結結巴巴地道：

「……林老闆，幫……幫我們……割開……」

第八十三章

惡有惡報

周宣這一說，立即讓藤本網心裏發毛，
他們的底細他自己清楚，要真的仔細一查，
說不定就把他們的底翻了出來。
那可就慘了，自己幹的都是違法的事，
要在這邊坐個十年八年的牢，那也不是不可能的事！

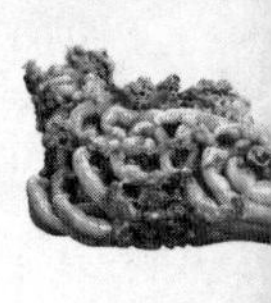

伊藤近二的中文說得不好，一聽便知道不是中國人。林仕途雖然疑惑，但規矩還是要的，招手讓趙師傅解石。

趙師傅把這塊毛料放到解石機上。這塊毛料是需要用切的，毛料大，大部分地方沒有綠。

把第一刀的切口位置設置在左邊無綠方的兩分處，周宣倒是探測到，這塊青花地翡翠離這一刀的位置只有一公分不到。

藤本網與伊藤近二兩個人的眼睛比牛眼瞪得還大，緊緊盯著趙師傅的刀口處。

趙師傅開動了電源，解石機上的金剛砂輪接觸到石頭時，雜訊大起，刺耳得很。不過來這裏的人基本上都習慣了，藤本網和伊藤近二雖然不習慣，但興奮勁頭上，對這一點雜訊根本也不覺得。

趙師傅一刀切到底，停了電源後，清了清切口面的石屑，切口面上，有巴掌大一片青綠色，紋理從裏到外，從這一點上看，裏面有玉的可能性幾乎有六成以上了。

不過，從顏色來看，不是豔綠，只是這才第一刀，看來運氣還是不錯！

藤本網和伊藤近二也不知道是什麼意思，這個切口面是好還是壞？瞧邊上客商們的表情也不是很驚詫，一時心上心下的。

在有經驗的賭石家看來，藤本網這塊毛料的價錢有點離譜，如果價位在一百萬以內的話，那這第一刀就可以說是賭漲了！

趙師傅也明白，底價太高，這第一刀雖然切出了綠，但沒辦法轉手，當下向藤本網點點頭，轉了轉毛料，把另一側無綠處又對好了刀口，依然是兩分處。

巧的是，這一面依然是青花地本體處，這一刀下去將更接近些，而再從另外的幾面切下去的話，就要遠些了。

趙師傅把電源一開，輪片轉動著又切了下去，十多秒鐘後，兩分厚的石表層又切掉，在中間部位的時候，兩分表層的石片就碎成了幾片。

趙師傅把碎石片撥開了，吹了吹石屑，這一面因爲離青花地的本體更近，綠出現得更寬更大一些，當即便有人道：「呵，賭漲了。」

這句話藤本網還是明白的，頓時嘴都笑得合不攏了。

這第二刀又切出了綠，而且綠現得更多，兩面兩刀都出了綠，那估價就該漲一倍不止，只是綠不是豔綠，雖然有玉的可能性高達九成，但大家還要看玉的質地。

由於這塊料的價位已經超出了大家的預期，所以趙師傅也就放下毛料，把切開的兩面位置對著周圍的人，好讓眾人看得更清楚些。

「四百五十萬，我出個價吧。」其中一個客商第一個出了價。

藤本網跟伊藤近二都是笑得合不攏嘴，有人出價了，雖然只比本金多了三十萬，但這是

個好兆頭，不過，以這個價錢，當然就不會賣了。

接著，另一個客商又出了價錢：

「我出四百八十萬！」

「我出五百萬！」

「五百三十萬！」

「五百五十萬！」

不過，出到五百五十萬的後面，就再也沒有人加價了，這當然也不是藤本網的心理價位，利潤只有一百三十萬，在看了趙老二和周宣的幾千萬的純利潤之後，藤本網心裏只把這百來萬瞧成了屁都不是！

沒人叫價了，那就解石，藤本網朝趙師傅道：「趙師傅，再切！」

藤本網既然說了，趙師傅便接著再從另一個方向切，這個方向離本體就遠了些，差不多有十五分之多，趙師傅一刀切下，灰白一片沒有人說話。

當然，這也並不表示這塊毛料就跌價了，因爲切出來的那兩面離這裏的距離太遠，不出玉不出綠的可能性大，這在合理的範圍中。

趙師傅先是三分一刀，沒出綠後，再兩分一刀，越近裏面，下刀的厚度就越弱，到第五刀後，基本上就是一分一刀，再切兩刀後，又出綠了！

從這地方算到另外兩面出綠的位置，基本上就可以得出裏面的玉體積，大約有二十釐米的直徑，那這塊玉的體積就不算小了！

這時就有人出價六百萬了，只是體積雖有這麼大，但現出的綠卻不是很豔，有點淡，還有點泛青，在沒有擦出本體來，誰也不知道裏面的玉是什麼質地，出到六百萬，都是衝著這個體積來的。

六百萬當然不是藤本網的目標了，這個時候，他跟伊藤近二都被貪念填滿心裏，哪裡理會那個商人出的六百萬價錢，揮了揮手，說道：

「趙師傅，再切。」

趙師傅再把切口轉另一面，也是最後一面的無綠表層處，這一刀三分切下去，基本上有些預料得到，沒有綠，灰白沙石面，因爲距離還遠。

有了側面六刀的距離和估計，這一面也是差不多，趙師傅一分一分地切下去，到第六刀時便切到了！

只是在玉的中間處，有一點凸起，指頭大的一點本體被切到了，其餘處都是跟另外三面切出的綠一般，但切到的那點本體處，玉質渾渾濁濁的，便像是一碗撒了很多沙子的水起了冰一般，冰裏滿是點點粒粒的顆粒！

在場的除了藤本網和伊藤近二及趙老二不懂得外，其餘都是行家，就憑這麼一眼，大家

就都知道，這塊玉的質地太差，如果光是青花地，倒也有手法把它做好，但裏面滿是顆粒雜質，那就是一個純粹的廢品，就連做假的都不要！

當然，這還只是這塊青花地的冰山一角，並不能代表全部，剩下的還有大部分沒有露出來，誰也不能說就沒有純淨無雜質的玉。

但至少目前是沒有人再出手了。

剛剛趙師傅如果這一刀再薄一點，沒切傷青花地的本體，那就不同了，以這塊玉的體積，至少還是有人會出到八百萬上下的價錢。當然，藤本網更貪心，根本不會在這個價位轉手。

不過藤本網自己還不知道，這塊玉的命運已經被改變了。他沒聽到旁邊有人再出聲叫價，心裏也不以爲意，剛剛就有人出到了六百多萬的價錢，怎麼也得漲到一千萬以上再做決定！

一想到這裏，藤本剛心裏就美滋滋的，總是在做那一賭就漲數千萬的夢。這也太容易了，剛剛就是切了那麼幾刀，一刀比一刀的價錢不同，切一刀漲幾百萬，切一刀又漲幾百萬，藤本網有些佩服周宣的穩沉，絲毫不爲所動，一直解到最後才贏得最大利潤。

藤本網再向趙師傅擺擺手，示意再切。

趙師傅這個時候其實已經不能用切了，只能用擦的手法，於是把細砂輪拿到手中，慢慢在這塊毛料上擦起來。

趙師傅的手腳還蠻快，其實主要是趙師傅覺察到這塊玉質地不好，稍稍有些損傷也不怕，大約半小時後，整個玉體就露了出來。

這塊玉有大碗般大小，通體都有雜質，照這樣看來，整塊玉就是廢玉，沒有絲毫價值！最高六百萬的價錢轉眼到現在的一文不值，這個過程就這麼短。別人心裏都想，要怪就只怪藤本網自己沒有抓住機會了，六百萬都不出手，到現在只能是一賠到底了。這都是貪心惹的禍啊。

趙師傅擦了擦石屑，弄乾淨了點，然後遞給藤本網。

對於這塊玉的處境，藤本網現在還一無所知。但剛才人家給他出到六百萬了，這一點他倒是牢牢記在心底。

藤本網小心捧著青花地，笑著向周圍的客商們說：「大家現在可以盡情叫價了，呵呵，我出個底價吧，八百萬起！」

藤本網這樣一說，周圍的客商們都不禁哄笑起來。藤本網自然不明白，也跟著呵呵笑起來，媽的，笑吧笑吧，只要給高價錢，隨便你們怎麼笑！

那些客商覺得藤本網很可笑，也沒有說什麼，周圍一片沉默。

「這位先生，你這塊毛料解出的這塊玉，怎麼說呢，」林仕途沉吟著說道，「玉質一般，水頭也一般，倒是半透明，只是質地極不均勻。如果以這麼大一塊，倒是可以賣個五六千，但關鍵是裏面還有雜質。你看看，就是這些細顆粒，沙子一般的東西，這玉就不純了，是塊廢玉。這種玉，就是五六百，人家估計也不會要！」

藤本網和伊藤近二都是呆了一呆，這個巨大轉變他們確實沒有料到，原來是一刀漲一百來萬，一直漲到六百萬了，兩個人覺著怎麼也值上千萬，怎麼現在突然竟成了廢品！

呆了一陣後，藤本網見四周的客商都是嘆息的樣子，心裏已經漸漸相信這塊玉是廢玉了，只是，人家一賭就贏，自己一賭就輸，心底怎麼能相信這件事！

本想今天終於找到一門真正發財的路子，又眼睜睜瞧著周宣和趙老二發了大財，自己狠狠心賭下這一把，結果卻是傾家蕩產賠了進去，這讓人如何能鎮定得下來？

藤本網氣喘吁吁地顫抖了一陣，驀地裏蹦起來，指著林仕途和周宣，狂叫道：

「你們是騙子，你們是騙子，你們合夥來騙我的，我是日本客商，我要向你們政府告你們行騙，把我的錢還給我！」

伊藤近二也跟著發起狂來。他們兩個倒是知道中國的政策是歡迎外商投資，且條件優惠，特別是地方官員，對外商投資者往往拍馬奉迎，這也讓國外投資商們把尾巴挺得高高的，似乎自己就是高人一等。此刻，藤本網和伊藤近二急中生智，爲了挽回自己的敗局，不惜動用了這一個大帽子。

林仕途從沒遇見過這種情況，這個藤本網確實是日本人，讓他也有些顧忌。旁邊的客商們可就不管這些了，紛紛哄鬧起來。

賭石這個行當，講究的就是你情我願，一個願打，一個願挨，這是合法生意。賭石跟炒股一樣，都是有風險的事，哪能一賭輸就來橫的耍賴？

但藤本網不管這些，又道：「我們可是你們招待邀請的投資商，把錢還給我們也就算了，否則我就到市裡告你們，讓你們吃不了兜著走！」

林仕途還真有些顧慮，說真的，市裡的客人，這種關係他可明白，有些是絕對不能碰的。賺錢雖然重要，但有些錢賺不得。心裏也在想著，是不是把這筆錢還給藤本網，就當沒做這筆生意。

只是，如果真是投資商，又怎麼會沒有錢呢？如果他們連區區四百萬都輸不起，那只能說明一點，他們兩個根本是來騙錢的！

此刻，周宣已經冷冷哼道：「藤本先生，你可知道我們國內的賭石生意是合法經營？賭生賭死，那都是你自個兒的事，賭輸了就發狂咬人，要是你剛剛賭漲了，賺了幾千萬，那你是不是也把錢退給林老闆呢？」

反正都是撕破了臉面，藤本網也沒有什麼顧慮的，指著周宣就罵道：

「姓周的，你不說我也想不到，你這樣說，我倒是懷疑這一切都是你設的套做的局，讓我們來鑽這個陷阱。我要讓你們的警察來把你抓進去！」

周宣冷冷一笑，道：「藤本網，你要撕破臉皮那就由你，但我告訴你，你遇到我了，還要來橫的玩狠的，那你就算倒楣了！」

周宣說完轉頭對鄭兵道：「小鄭，通知市裡，讓他們查一查這個藤本網的底細，我懷疑他就是個騙子。嘿嘿，投什麼資？四百萬都輸不起，還來投資啊？」

周宣這一說，立即讓藤本網心裏發毛，他們的底細他自己清楚，要真的仔細一查，說不定就把他們的底翻了出來。那可就慘了，他們騙了好幾個地方，金額高達四五百萬，要是查出來的話，這可是在中國境內啊，自己幹的都是違法的事，要在這邊坐個十年八年的牢，那也不是不可能的事！

一想到金胖子，藤本網忽然心驚起來，周宣的人不是連警察都逮了起來，後來好像是市裡的高層主管們都來了，還都客客氣氣地對待他嗎？

壞了！藤本網這才想到，如果他們是真正的大企業投資商還好，關鍵是，他跟伊藤可是什麼企業都代表不了。他們純粹就是一對騙子，不管怎麼扯，都是他們吃虧，如果對方不是周宣，而是一個普通百姓，他們還有可能贏，但連高層官員都不敢得罪的人，他藤本網又拿什麼來贏？

心裏頓時冰涼涼的一片！四百二十萬可是他們僅有的財產，現在連零頭都賠給了林仕途，錢是一分都沒有了。往哪兒逃？這個時候，他跟伊藤近二倆人身上的現金加起來恐怕都不到兩千塊，還要付導遊小姐的費用呢！

藤本網略一思索，便知道今天栽了，得趕緊叫伊藤一起偷偷溜掉，如果讓導遊知道自己連導遊費都沒有，鬧起來可就更麻煩了。身上的錢還不夠買機票，只能坐汽車逃出雲南！

周宣可不想讓他們逃走。如果他們來中國沒有行騙，那就讓他們光著屁股回老家去，如果他們是騙子，就在大牢裏過日子吧。像藤本網、伊藤近二這種過慣了好日子的人，現在把他們逼得身無分文，那簡直就是讓他們生不如死，就算死了也沒有這樣難過！

周宣一示意，鄭兵當即和江晉、張山、伍風四個人把藤本網兩個人圍了起來。藤本網這才神情頓時緊張起來，他可不會打架。

伊藤是練過武的，但自從傅盈和傅天來爺孫倆把他的雙手斬掉幾根手指頭後，這武藝也大打折扣，而且他是瞧見江晉和張山、伍風三個人出手的，雖然說武術功底不如他，但近身搏殺的功夫卻是各有所長。如果是以一敵一，他還略有勝算，可現在是以一敵四，那他可就是想怎麼死就得怎麼死了！

周宣毫不猶豫地吩咐：「拿下，送到警察局，讓他們調查了再說！」

藤本網沒做反抗，給江晉一個扭手便反扣了起來。

張山和伍風撲上去跟伊藤近二纏鬥起來，如果是在無所顧忌的場所交手，伊藤至少不會太過狼狽，但現在明顯心慌手亂，藤本網已經被逮住，跟張山、伍風交手，又擔心還有一個最厲害的鄭兵在一邊盯著，結果沒有幾下便給張山和伍風撲翻。

市局接到電話後，先通知了鎮派出所過來協助逮人，然後才急速趕過來。與周宣這幾個人才見面沒多久，幾個高層的官員們還正憂心忡忡呢，這會兒又接到了他們的電話。事情如何處理，暫時還不明白，但周宣是無論如何不能得罪的，這一點他們倒是很清楚。

在派出所的警察過來銬住藤本網兩個人後，周宣一口氣也鬆下來，又記起頭先在林仕途廠裏探測到的那些翡翠毛料來，趕緊對林仕途說道：

「林老闆，咱們接著再瞧瞧毛料吧！」

林仕途無法不心驚，也越發對周宣的身分猜測起來。難道他是北京城太子爺一類的人物？越想越像，從鄭兵這四個冷峻殺手一樣的保鏢，到周宣的處事風格，那種大氣，絲毫不畏懼的氣勢，哪一點不像啊！

想到這裏，林仕途乾脆甩開其他客商，笑呵呵地親自陪著周宣到廠子裏挑石頭。而周宣剛剛拿回來的那塊毛料則放到了拍賣臺上，等挑好了其他石頭毛料後再說。

其實，整間廠子裏這些有色的毛料，也就那塊毛料和周宣開始切出來的那塊質地最好，是真正最上品的陽綠玻璃地水種翡翠，而且這塊沒切開的毛料中，翡翠的個頭兒更大一些，周宣那一塊小的便賣了三千多萬，這一塊想想便知道價值了。

而林仕途此刻心裏已做了決定，一定要拉上周宣這條線。以他做的這種生意，雖然說明面上是合法的，但背底裏的勾當還真不少。你關係好，輕描淡寫也就過去了，但如果要認真講，那就都是事。而如果能拉上周宣這種大咖的北京爺，那他在騰衝這裏的一點屁事，還算個什麼？

於是，林仕途招手叫了五六名員工跟著，陪著周宣挑石。

周宣這回挑的儘是那種表層綠少而且不明顯的毛料。因爲綠少些淡些，價錢就會便宜，算算裏面的翡翠，無論如何都會賺，有些表皮層綠比較好的，裏面就算有翡翠，周宣也沒挑，因爲從外表來看，這種毛料的價錢不菲，裏面的翡翠質地是賣不到那麼多錢的。

大大小小一共挑出了三十多塊毛料，林仕途的員工來來回回搬到臺面去，稍大一些的便用小拖車拉過去。

其他的客商皆很詫異，周宣雖然年輕，但顯然做生意胃口很大。在有色的毛料中，通常賭石的玩家不會大批量的賭，畢竟裏面有沒有翡翠是個未知數，賭過一塊兩塊的，絕沒有人一下子賭七八上十塊的，更別說周宣這樣一下子挑了三四十塊的。

在林仕途這兒，石料大約是十萬一噸，比周波那兒可貴了四五倍，但因爲林仕途這兒的料是正宗的緬甸密支那大脈的老坑礦，即使從無綠的毛料裏也常能解出一些翡翠來，所以即便貴點也有很多人願意到這裏來。

周宣挑完毛料後，跟林仕途回到競價台處，臺上和台下都擺滿了他的石頭，周宣笑了笑，對林仕途道：「林老闆，這時候該你出價了！」

林仕途是跟在周宣身邊的，他挑的每一塊毛料，林仕途都瞧得清楚，毛料的表皮層都只有很少的綠，如果按賭石行家的眼力來說，周宣挑的這些毛料都是次等中的次等，投資價值並不大。

林仕途是有意向周宣示好的，想低價給他幾塊好料，但周宣對那些顏色質地上佳的毛料瞧都不瞧，他也不好意思說得太明顯，只得作罷。

周宣說請他出價後，林仕途沉吟了一下，然後才道：「周先生，你這些料，我也給你明說了吧，都不是好料！」

一般的賭石老闆絕沒有這樣說的，再差的料，在他們嘴裏那都是可能有極品翡翠的好料，林仕途這樣說，明顯就是給周宣提醒，你挑的這些都是不值什麼錢的料，解不出好玉來的可能性很大。

周宣卻微笑著點頭，說道：「林老闆，我也只是玩玩而已，不是剛剛還賺了幾千萬嗎？

就當是少賺了一些吧。無所謂，你出價吧！」

在場的人中，只有周宣一個人明白，這幾十塊毛料，實際上已經把林仕途廠子裏有翡翠的毛料幾乎弄了個乾淨，這些毛料價值多少，除了他，誰知道？

林仕途也不再瞧這些毛料的好壞，女工早把這些毛料的號碼輸入進電腦中，定價總和才三百萬不到。於是，林仕途沉吟了一下，對周宣道：「小周先生，這樣吧，這些毛料，你就給一百萬吧！」

周宣也想到林仕途會對他示好，但他沒想到林仕途會只出一百萬的價錢，雖然他知道，這一大堆毛料解出來後，玉的總價值也許還不如他剛賣掉的那一塊，但毛料數量畢竟也是幾十塊。

旁邊的一些客商瞧得出來，林仕途這是有意低價賣給這個年輕人。只是這一批毛料的成色都不好，他們也沒有心思來跟周宣競爭，也就沒人出價。這也正合林仕途的心意。要是有人競價，他這個做賣家的，還真有些不好辦了。

廠子裏的毛料，有價值的都給周宣弄出來了，一百萬值得很，不過林仕途本人卻是一無所知，當然，他也沒什麼損失。賭石嘛，本來就是一個賭字，石頭裏面有沒有翡翠，誰知道？畢竟有翠的是極少數，多少石頭裏面都是石灰，但東西擺在他這兒，就是幾十上百萬的身價，依然會有大把的人來把它們高價買走。

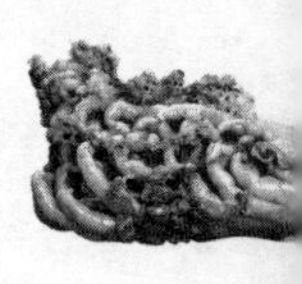

周宣正要簽支票時，有個員工過來跟林仕途說道：「老闆，廣場上有兩車毛料貨款沒到，是不是先停下來？」

周宣一怔，這才想起林仕途外面還有更多的毛料，挑出來也會更便宜，沒有人會嫌錢多吧？這一次來就要儘量多淘點兒，有機會還能不要？當即笑笑對林仕途道：

「林老闆，你外面還有毛料吧？我再瞧瞧！」

「這個……」林仕途猶豫了一下，不是他不願意，只是他覺得，外面的毛料出玉的可能性更低。周宣已經在廠子裏挑了這麼多質地極差的毛料了，如果再到外面挑些更差的，賭到最後一塊玉都沒解出來，心情肯定是不好的。

「就這樣吧，我再去挑挑！」周宣見林仕途有些猶豫，便走在前面，先往外面走去。

林仕途只得依了他，然後又吩咐員工，用拖車把這裏的毛料都拉出去裝車。

在廣場上，周宣笑呵呵地對林仕途道：「林老闆，麻煩你給我找枝毛筆，一小桶油漆，我點一塊就要一塊，還麻煩你多叫幾個工人跟著我，我點出來的就幫我搬出來。」

林仕途自然不會反對，周宣也無所顧忌，他挑出來，雖然塊塊毛料裏都有玉，但他不會再在這裏解了，打算全部拉回京城。回去以後，自己建解石廠，招工人師傅，沒人會知道這些石頭裏出了多少翡翠。趙老二一直都暈乎乎的，發了一大筆財，腦子裏已經全是漿糊了，根本不用擔心。

周宣運起冰氣，探測起廣場上大堆大堆的毛料來，來來去去六七趟，這才又挑出了一百多塊毛料。極品的翡翠毛料倒是一塊都沒有了，但冰地的有六塊，紫羅蘭有十幾塊，水種的有幾十塊，更差一些的花青，白底青各有幾十塊，總價值幾乎又有數百萬。

周宣還不知道，他這幾批毛料解出來的翡翠幾乎可以占騰衝總出貨量的近十分之一了，這可是一個龐大的數字。

其他客商解石，通常只能得到極少量的玉，哪像周宣這般塊塊有玉，而且質地都是中等偏上的。這樣龐大的數量，就是最大的半成品玉商，也得歷時好久才能進到這麼多貨！

這一百來塊毛料裝了兩車，按照林仕途的售價，一車是三十萬，兩車就是六十萬。

但這些毛料都是周宣挑出來的，如果在周波那兒，那這一百來塊毛料至少要漲一倍的價錢，但即使如此，周宣也無所謂，畢竟這毛料價格遠不及玉的價值。

不過，林仕途沒有按周波那個演算法，而是直接算兩車，再打了個折，一共五十萬整數。加上廠裏挑出來的毛料，一共湊了三車，總價才一百五十萬。

周宣開了支票，笑呵呵地對林仕途道：「林老闆，跟你打交道很痛快啊，你挑個地點，明天我請你吃飯，以表謝意！」

林仕途也是笑容滿面地回答道：「好啊，在哪裡吃都無所謂，關鍵的是能交到小周先生這樣的朋友最重要！」

像他們這種人，吃頓飯花再多錢也沒關係，無非就是幾萬塊，誰都掏得起。當然，到時候林仕途自然不會要周宣掏錢，只是現在不會提出來，顯得小家子氣。

周宣與林仕途別過後，準備帶著趙老二和鄭兵等幾個人返回騰衝酒店。貨自然是先放在林仕途這兒。林仕途當即讓員工把車貨箱換新鎖，然後把鑰匙塞給了周宣。

周宣推讓了一下，看林仕途很堅決，也就收下了。自己拿著也好，倒不是小氣，要是林仕途自己或者他手下的員工偷偷把他的毛料解一下，那就出大問題了。畢竟每塊毛料裏都有玉！

第八十四章

眞假之間

周宣淡淡一笑，道：

「要分辨真假其實很容易，真的就是真的，假的就假的，

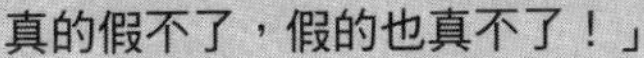

真的假不了，假的也真不了！」

說著，將觀音像往一塊玻璃上劃去。

只聽「喀吧」一聲，

觀音像碎裂成幾塊，玻璃卻完好無損。

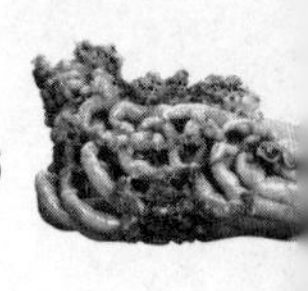

回騰衝酒店吃了頓飯後，沖了個澡，天就黑了，周宣叫上趙老二和鄭兵幾個人，說是要去逛逛夜市。

騰衝的夜市，除了幾條有名氣的商業街外，還有一條玉器街，專門賣玉件的，幾個人轉著轉著就到了這裏。

這裏的攤位跟地攤差不多，幾個木架子鋪一塊木板，木板上再墊上一塊綢布，上面就擺了玉器件。

有的攤位還搭了油布篷子，掛著電燈，燈光下，玉件尤其顯得美麗動人。

趙老二當時就愣了，衝上去拿了一件玉件對著燈光瞧了起來，邊瞧邊說：「好漂亮啊！」

再瞧瞧攤位上，翡翠掛件、觀音菩薩像、飾件、玉佩件，各式各樣，種類繁多。最後兩排是未經過雕刻的翡翠半成品，僅僅從顏色和透明度上看，顏色豔綠，在燈光照射下，透明度高得很。

通常分辨翡翠的品質高低，一般是以顏色陽綠，透明度高，無雜質，個頭大等等來判斷，達到這些標準後，便可以說是極好的上品了。

但這一條路邊攤瞧出去，起碼有百來個攤上有那種頂級翡翠，你信不信？

周宣當然不信。但從外表看，這些翡翠似乎都是珍品，只是，若真是珍品，隨便一件便是上千萬的價值，可能這樣隨便擺放嗎？

周宣沒用冰氣，有這樣的機會練練自己的基礎知識是好的。

這個攤位的老闆是個二十來歲的年輕男子，個子不高，有點矮胖，看到周宣、趙老二幾個人上前，一聽便知是外地人，當即便熱情地招呼起來。

趙老二手中拿了一個雕刻得頗爲漂亮的觀音像，在燈光下，豔綠得極爲誘人，這顏色便跟他自己賣掉的那塊兩千多萬的翡翠沒什麼區別。

那攤主堆著笑臉道：「各位老闆，要觀音像啊？呵呵，緬甸老坑玉，玻璃地，絕對正品，保質保量的！」

周宣一聽他這口氣，便知道這是個信口吹牛的人，現在的小攤販，一百個倒可能有一百零一個都是吹牛的，一個比一個能吹。

周宣笑了笑，問道：「老闆，既然是真貨，上品的緬玉老坑種，那要多少錢一件？」

「一千二，不還價！」那攤位老闆隨口答著，但看他這表情，哪裡是不還價？只怕是早準備好你來我往的口水大戰了。

周宣笑了笑，說：「太便宜了！」這話卻不是說笑，如果說是上品翡翠，像這樣一件，沒有七八百萬的價錢，根本不可能買得走！

「就是嘛，我也只是賺點辛苦錢。我這貨啊，可是最正最真的，你們要不信，到騰衝玉

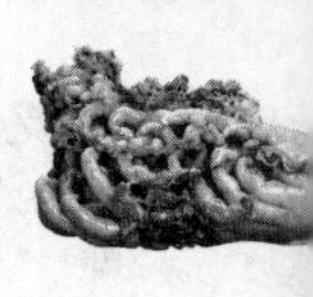

石市場跑一圈，再回來我這裏比較比較！」這年輕老闆說得口沫橫飛，越說越起勁，還真不怕把天撐個窟窿。

鄭兵幾個人不關心這些，他們只是隨周宣走走，既不說話表達意見，也不插嘴問什麼，周宣做生意時，他們是半句話都不說的，但若有人想動手的話，他們馬上就衝上前了。

說話的只有周宣和趙老二兩個人，聽了老闆的價錢，趙老二恨不得馬上掏錢把這一攤貨全部買下來，但趙老二也不傻，他雖然不懂玉，但卻知道，自己得聽周宣的，便側過頭瞧著周宣。

周宣淡淡笑了笑，這些日子以來，他也買了不少書狂補知識，又聽到老師傅的經驗之說，而更主要的是，拿他的冰氣探測出來後，再兩相比較，這種經驗比那些老手高手的經驗更實用，而別人經驗再好，那也只是憑感覺估計，可不敢絕對保證毛料裏就有玉了！

周宣笑了笑，說道：「老闆，那你介紹介紹，怎麼樣來分辨翡翠的真假和好壞？」

那年輕老闆以為周宣他們都是生手，是外地人來騰衝玩的，不過是給親戚朋友買幾件回去送人的，便笑呵呵拿了一件菩薩像，舉到燈下，任燈光穿透出來，顯示給眾人看。

那玉觀音的顏色當真是綠中帶藍，綠油油的，四周幾個人臉上都給灑上了一層綠色的光影，如紗如浣，如夢幻一般。

那老闆得意地道：「你們看，這玉的透明度多高，清純如水一樣，一點雜質也沒有，豔綠非常，是極品祖母綠般的綠！這個價錢也便宜啊！我就幹點薄利多銷的事，基本上不賺什麼錢！」

聽著他大言不慚地說著，周宣有些好笑，也說道：

「老闆，可我倒是聽說了，燈下不觀色啊，任何珠寶都不應當在有色燈下進行顏色斷定，對於翡翠來說，這一點更顯重要。因爲閃灰、閃藍以及油青之類的顏色，在燈光下的視覺效果要比自然光線下的效果好很多。如果要真辨識翡翠的顏色，必須在自然光線下，燈光下只能看翡翠的透明度，看水頭。」

那年輕老闆怔了怔，沒料到周宣這一番話倒是像個真正的行家，他當然明白，自己這些貨沒有一件是真的，都是通過機器製作出來的。

周宣又拿起一件觀音像，說道：「極品翡翠的工藝那是很重要的，一件上等翡翠，必須要有技藝很高的工匠師傅雕刻出來，才能顯現得出它的價值。你這些觀音，件件一樣，呵呵，這底部甚至還有同樣的小圓點，這是機器留下的痕跡啊！」

那年輕老闆又愣了一下，周宣這意思很明顯，無非是直接說他這是假的，聽他的說法，也確實是像行家，便悻悻道：「你要便要，不要就不要，哪那麼多廢話？」

趙老二是第一次接觸這一行，他覺得，自己隨便撿一塊破石頭便賺了兩千多萬，這攤子上這麼多好東西，才一千塊一件，那買幾件還不就要賺翻了？

趙老二瞅了瞅周宣，訕訕道：「弟娃，我買萬把塊錢的吧，這東西瞧起來還真不錯！」可以說，剛才周宣和攤主的對話，趙老二一句沒聽進去，他只一心想著，反正已經賺了幾千萬，花個萬把塊再玩玩嘛，這些玉瞧起來總比那些破石頭好看多了。

趙老二瞧著周宣一副欲言又止的樣子，也沒理會，只對那年輕老闆說：

「老闆，便宜點，我買幾件！」

既然開了口，那攤老闆便瞅了瞅周宣，倒是沒那麼賭氣了，點點頭道：

「你如果真心想要的話，可以優惠一點，要幾件？」

周宣見趙老二真想要，笑笑說：「老二，你在這方面還差得很遠，今天也是走運了，要是你以這種念頭再賭下去，遲早要輸個精光。呵呵，我給你說幾個簡單的道理，你試一試再決定買不買！」

趙老二也呵呵一笑，道：「說吧，我瞧你也比我多不了什麼經驗！」

「反正出來逛逛，就給你說說吧！」

周宣也沒瞧那年輕老闆對他的警惕目光，對趙老二道：

「老二，我們白天玩的那個叫毛料，是翡翠沒有打磨出來的礦石，那個玩法叫賭石，風險很大，學問也太深，一下子說不清，現在我就告訴你半成品和成品的學問！」

「什麼是半成品？什麼又是成品？」趙老二又問道。

連這個都不懂就來賭石，誰知道大牙都會笑掉。不過周宣倒是不笑他，因爲他自己一開始比趙老二還不如。

「半成品，一般是指從毛料裏切割打磨出來的玉還沒有雕刻成形，只是原形的翡翠，叫半成品；成品呢，就是已經被雕刻出來，完全形成產品在賣場裏銷售，那就是成品了！」

周宣給趙老二解釋著：「現在在市場上，翡翠器件很暢銷。但只要是賺錢的，現在都會有假。你是做過生意的，不用我說明也知道這個道理吧？翡翠的利潤這麼高，造假也就不奇怪了。現在翡翠做假通常會從幾個方面入手，比如做顏色，行話叫『槍色』，就是通過將翡翠加熱到兩百度以上，然後把有機染料加進翡翠內部，再放到銘鹽液中浸泡兩個小時，如此，銘鹽就會滲透到翡翠的晶格裏，浸泡過後的劣質翡翠就會有很美麗的綠色！」

周宣儘量用通俗能懂的話說給趙老二聽。

「除了『槍色』外，還有一種叫做『穿衣服』。顧名思義，穿衣服的意思就是給劣質翡翠或者玻璃的外表塗上一層有機綠色，使之有豔麗的綠色。還有一種是增亮不拋光，就是在不拋光的翡翠飾品上，直接噴一層綠色或者無色的增亮漆！」

趙老二雖然不懂，但周宣說的這些倒是能聽得懂，也聽得津津有味的，笑道：「弟娃，你啥時學了這一肚子的翡翠學問？聽起倒是蠻有趣的，我看看。」

趙老二說著把手裏的觀音像仔細瞧了半天，只是瞧來瞧去也瞧不出來什麼，摸摸頭道：

「你說的那些，怎麼才能認得出來？」

那個年輕老闆已經有點肯定周宣是懂行的人了，也不再奢望從他們手裏騙到錢，於是只是瞪著眼盯著他們，緊閉著嘴沒說話。

「這個——」周宣摸了摸頭，有些爲難了，要分出真假，他當然是半點問題都沒有，冰氣一出，立辨真假，不過要拿來跟趙老二說，卻有些不好講了。

看到周宣也啞口，那年輕老闆倒有精神了，心想：原來周宣也是半桶水，要真是行家高手，還不是有大把的法子辨別真假。

「我這裏的貨，哪一件都是真的，不懂就別裝懂。」那攤老闆接著又對趙老二道：「你要不要？要的話我就給你優惠一點！」

「不要了！」趙老二乾脆地說道。

那老闆這下奇怪了，問道：「你剛剛不是還想要的嗎，怎麼一說就變了？」

這老闆不知道趙老二看出了什麼，如果是知道他這些都是假的，那還好說，不過看他們的樣子又不像。

「沒什麼別的，就因爲你對我兄弟不禮貌，就衝你那口氣，我還要你的貨幹什麼！」趙老二不輕不重地說出來，這話把那年輕的玉攤老闆梗了一下。

那攤位老闆哼了哼，道：「就爲這？哼哼，我還以爲是有什麼特別的理由呢。認不出來就別裝大，不懂裝懂的最惹人恨，要是你說別人家的是假貨，別說人家罵你，恐怕都要打你了！」

周宣淡淡一笑，道：「別說得那麼難聽，要分辨真假其實很容易，真的就是真的，假的就假的，真的假不了，假的也真不了！」

說著，將觀音像往一塊玻璃上劃去。只聽「喀吧」一聲，觀音像碎裂成幾塊，玻璃卻完好無損。

趙老二跟那年輕的攤位老闆都吃了一驚。

周宣拿起觀音像的碎片向那老闆一晃，說道：「你自己瞧瞧，這像是玻璃底子，外面塗的一層綠油料，這根本就不是翡翠，連B貨都不是，只是水玻璃！便宜到不能再便宜的東西，成本可能五塊錢都不到吧！」

趙老二怔了怔，問道：「你說的B貨又是什麼東西？」

周宣笑笑說道：「A貨B貨是國家技術監督局根據目前市場上銷售的翡翠飾品制定的三類技術標準，不過這個標準並不代表翡翠的等級，只是把翡翠的優劣分爲三個類型，天然翡翠原料的製成品，質地，顏色都沒有經過人爲改造的，這類翡翠飾品稱之爲A貨。」

周宣把幾塊碎片放到攤位上，又說：

「一些底子髒，水頭差，但有綠色或深綠色的低檔翡翠原料，被人工化學方法處理後，可以增加透明度，又能使色澤更好看。不過，這種人工的強烈腐蝕處理，會破壞翡翠的原始結構，使翡翠變得鬆軟，因而要填充有機膠加以黏固，這樣就更降低了翡翠本身的品質。而且填充物爲有機物，時間長了會老化，會慢慢變黃，同時產生許多龜裂紋，鮮豔的顏色也會消退，這個時候，翡翠就一錢不值了。這種就是B貨，在市場上又稱爲『新玉』。其成品與真正的翡翠看起來沒什麼分別，但要辨認的話，還是有辦法的！」

「你瞧這個！」周宣說著，拿起一片觀音碎片，又指著玻璃鏡說：

「B貨有幾個缺點，一是易碎易折，相互碰撞的時候，聲音短促不清脆；二是容易老化，不過這個過程會長一點，一般是三到五年，最長五年，色褪後就一錢不值了；三是優化過程中，必須使用強酸等化學高腐蝕劑。這些東西戴在人身是有害無益的，而現在的市場上又出現了用水玻璃和有機矽做的填充物，取代了樹脂，這就更讓人難以識別了。像這個觀音像吧，它中間是水玻璃，B貨都算不上，只能稱爲假貨！

劣質翡翠或者有機物的硬度是不高的。國內外的翡翠分爲兩大類，一類是軟玉，好像國內產的玉一般都是軟玉，硬度低，而緬甸翡翠則被稱之爲硬玉，剛玉，它是玉類中硬度最高的，達到摩氏七級，而一般的玻璃只有摩氏五點五度左右，如果拿刀在真正的翡翠上面刻的話，是不會留下任何痕跡的，但如果是假貨，那就連玻璃都不如了！」

周宣說到這兒，笑笑地瞧著趙老二，趙老二這才恍然大悟，指著觀音碎片道：「哦，我明白了，就是說如果是假的，一碰硬東西就會碎，如果翡翠是真的，那碎的就是玻璃。現在，這個觀音像碎了，這就說明，它是假的！」

趙老二卻是又嘀咕著道：「這方法也太那個了點，要是不弄碎還就認不出來了？」

那年輕的攤位老闆面色一時間極為難看，聽著周宣說了這一陣，忽然手一拍，叫道：「你裝什麼樣？弄壞了我的翡翠觀音像，趕緊賠三千塊錢來，否則有你好看！」

趙老二頓時氣憤了，從衣袋裏掏了一百塊錢扔到攤位上，惱道：「你這是假東西，還要三千塊錢？給你一百塊，拿去再進二十個來騙人吧！」

不由得他不氣，就按他開始說的價，那也是一千二，這轉眼間又漲到了三千塊。不過那攤位老闆要玩橫耍無賴，趙老二倒是不怕了，後面可是跟著鄭兵、江晉、張山、伍風四個打手呢！

周宣自然也不擔心，淡淡道：「老闆，你這貨怎麼講都是假的，如果是真的，那價值又何止區區三千塊？最少五百萬以上，三千塊，你不是虧了？」

那老闆叉著腰叫道：「媽的，想要賴是不是？是不是仗著人多了？」說著就衝著攤外叫了一聲：「兄弟們都出來，有人賴賬了！」

他這一叫，立即從別的攤位上竄出來十多個年輕男子，氣勢洶洶奔了過來，想必這些攤

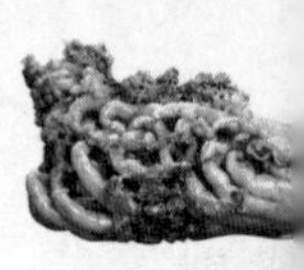

位老闆都是一夥的，早就有配合，哪一個攤位遇到有人找麻煩，只要一叫，大家就都過來了。一般來的都是外地的遊客，遇到這麼多人圍攻八成就自認倒楣了，反正本地人是肯定不會來這路邊攤買玉的。

「張江，什麼事？」

「想賴賬就打斷他的手！」

十來個人圍住了周宣他們六個人，七嘴八舌地叫囂著，指手劃腳。

說實話，周宣倒還真不想跟這個叫張江的年輕地攤老闆鬥事。他不過就是一個在最底層掙扎求生的小攤販而已，雖然騙人，但遊客們哪有不知道是假的？貪的也是便宜，凡是外出旅遊的普通人，在外面又哪個不買些便宜貨回去贈送家人朋友的？

經過的事多了，經歷長了，心態也變得沉穩多了，周宣嘆了嘆氣，對那張江說道：

「老闆，凡事都要給自己留條後路，你賺錢也不容易，說實話，如果你有本事，也就不會在這裏擺地攤了是不？你幹的也不是什麼好事，雖然不是大惡，但終究還是屬於騙人的，這事就算了吧。趙老二，我們走！」

趙老二心裏本就有些氣，又見鄭兵、江晉四個人分四方擋在他跟周宣前面，只要對方一動手，他們就會開戰，聽到周宣居然低調地說算了走人，倒是怔了怔。

張江嘿嘿冷笑道：「不賠錢就想跑？哪有這麼容易？」

周宣心裏憐憫著，畢竟這個張江比不得金胖子，只是一個擺攤求生的，如果江晉幾個人一動手，他們就得斷手斷腳，如果鬧大了，鬧到官面上，這些人還得被罰款拘留，實在不忍心。

想了想，周宣掏出皮夾，取了一疊錢出來，數了三十張，扔到張江的攤位上，淡淡道：「算了，錢給你，沒事不要鬧事了！」

雖然說得很兇，但人家服軟給了錢，張江一夥人也就沒必要再折騰了。小敲小打可以，但他們不敢鬧出大事來。

周宣給了錢，示意鄭兵四個人別惹事，拖著趙老二便往前邊走了。

趙老二感覺到了周宣眼中的憐憫神色，心想：周宣的錢反正也是用不完的，這點小事算就算了吧，也就不再多說，跟著周宣乖乖走了。

鄭兵四個人見周宣沒有表態動手，也就沒動手，靜靜跟在二人身後。

趙老二走了幾步，沒提這事，卻又說起了翡翠的事來！

「這個張江的貨物上可沒標明B貨標籤吧？」

「呵呵，你這傢伙！」周宣笑道，「他當然是騙人的了，不過這是路邊攤。你想想看，不管是賣什麼東西，路邊攤賣高價，又有誰會買呢？」

「那倒是。」趙老二興致勃勃地說著，「弟娃，今天才發現你的知識比我高了那麼一點點，再給我說說這翡翠做假的事，免得以後我上當！」

趙老二是真想踏入這一行了，心裏想著：不掌握好這一方面的知識，那肯定是要上當的，就像剛才，如果不是周宣，自己說不定就掏萬把塊買幾塊只值幾塊錢的東西了。

周宣笑了笑，他的知識還不都是從書本上死記下來的，真正的本事卻是冰氣異能，這個當然是傳授不了的。

「老二，這個做假的方法是層出不窮，我也只是略懂一點皮毛而已，跟行家比起來，那可就差遠了！」周宣笑笑說著。這個可不是謙虛，這是實話。

趙老二聽得很有勁，擺擺手道：「快說快說，我看你這一點皮毛就很不錯了，高手倒沒見賭到真正的好玉，你這點皮毛還儘是賭回幾千萬的真傢伙，我瞧這點皮毛還行，趕緊說，趕緊說！」

「說就說吧，急什麼！」周宣給了趙老二一拳，這傢伙，發財的事倒是很上心，不過有這種心還是好的，以後這邊的事可以讓趙老二來幹。

「翡翠做假的方法很多，我也只曉得一點點，前面已經給你說了，用強酸做成B貨等等，不過那只要在賣場標明了，也是允許銷售的，算不得欺詐。真正的做假要算別的類型了，比如二層石，三層石，人工做皮等等！」

周宣扳著手指頭跟趙老二一一說起自己從書上看來的知識：

「二層石吧，就是用下等翡翠原料，在切口處黏上一層水色好的翡翠薄片；三層石意思就是有三層了，中間選用下等的不值錢的磚頭料，在中間黏一片極薄的綠玻璃，然後再在綠玻璃上黏上水色好的翡翠薄片；人工做皮卻是多數用在賭石原料上，賭石賭輸了，毛料切口沒有綠或者底色很差，用跟皮色一樣的泥砂膠混合在翡翠原料表面上，然後再把毛料賭出去，這幾類基本上都算是做假欺騙的行爲了！」

周宣正說得起勁時，忽然聽到後面一陣喧嘩，幾個人都轉過頭去一瞧，卻見是那張江的攤位不知道何時鑽出來十來個員警，正圍著張江的攤子查著什麼。

周宣望了望鄭兵，見鄭兵的表情很平淡，心裏便知道是什麼原因了，肯定是市裡那些高層派人緊跟在他們身後。這個張江成了倒楣鬼，周宣放過了他，但他們自個兒地頭上的老大卻不放過他了。

又聽到幾聲慘呼聲，顯然是張江挨揍了，周宣嘆了口氣，搖了搖頭，道：「走吧！」

沒走幾步，卻又聽見身後有人緊緊追過來，邊跑邊叫著：「先生，請等一下，先生，請等一下！」

轉過身，是兩名員警氣喘吁吁跑著追過來了，跑近了，其中一個員警向周宣遞了一大遝錢，說道：「先生，您點一下，是不是三千。我們剛好路過，查到這個攤位有欺詐客人的行

爲，不好意思，這只是極個別的行爲！」

周宣當然沒有心思去聽他們的表白，接過錢，數也沒數就揣進袋子裏，說道：「那謝謝你們了！」

兩個員警趕緊敬了一個禮，說：「不客氣，這是我們應該做的。您慢走！」

周宣轉過身準備走時，忽然又想到一件事，趕緊回頭道：「你們等一下！」

兩個員警轉過身來，表情有些緊張。

「別難爲那個張江了，他是個小販，也不容易！」周宣嘆了嘆氣說著。

「好好，請慢走！」兩個員警趕緊回答著，聽到周宣只是這個話時，倒是鬆了一口氣。他們是上面派來專門跟著周宣的，嚴令不得再出任何差錯，所以周宣的喜怒哀樂都會讓他們緊張一下。

周宣說罷，也沒再回頭，拉著趙老二他們徑直朝路口走去。鄭兵幾個就跟在他身後，一行人回到了酒店。

洗漱完畢，周宣躺在床上看了一會兒書，突然就想起了傅盈。當那嬌美的容顏掠上腦海時，一陣暖意就浮到心中，周宣忍不住微笑起來。

睡不著，周宣就起來練了練冰氣，這段時間太過逍遙了，冰氣異能沒有精進，比起最旺盛的時候差了很多。

把冰氣運轉了幾遍後，周宣認真思考起來，自從有了冰氣以後，他還沒有想過，到底是什麼原因形成了冰氣？冰氣的作用究竟還有哪些？有沒有自己還沒發現的功能，比如能不能把老李身體內的彈片弄掉呢？

估計這跟試驗一樣，得慢慢試，反正冰氣是自己的，又不用掏錢買，跟力氣一樣，練了又會回來，那就慢慢試吧。

周宣瞧了瞧房間裏，沒有什麼好東西可試，躺在床上仰面望著頂上，房頂中央是一盞吊燈，邊上有十幾顆小燈，五顏六色的，中間的燈是黃色的光，整個燈光不太明亮，但很柔和，要看書的話，枕頭邊上還有一個檯燈。

周宣把冰氣運出去，頭頂的吊燈離他只有兩米多，並不太高。這個距離，冰氣毫不費勁便達到了。

冰氣在吊燈裏探索著，玻璃罩、燈絲、燈具外殼，裏面看不見的銅線，周宣甚至看到了電流粒子從銅線上流往燈絲中，然後再從另一端流出，不過點亮後的電流便質變了。

第八十五章

黃金左手

一剎那，周宣感覺到自己的冰氣也旺盛一些。
當冰氣全退回身上時，百餘米的銅線竟全被吞噬掉了！
周宣又瞧了瞧左手，
現在的左手已經不再有金黃的顏色了，
這隻手仍然還是黃金左手吧？

這種感覺很奇妙，因爲周宣知道如果用手觸摸的話，電流是會將人電死的，但現在是冰氣在觸摸電流，沒有觸感，所以不會受到傷害，但就是能清楚見到！

周宣瞧了一陣子電流，看牆裏的暗線都是銅線，便忍不住將一部分銅線轉化成黃金，黃金也是導電的，所以燈依然亮著。

因爲銅線是隱藏在牆裏的，酒店裏的人也不會把牆打開來瞧，周宣便放心大膽地轉化了幾截。

玩了一會兒，覺得有些無聊，心想能不能把電流斷掉，把燈滅了？這樣倒是可以不用開開關了。

周宣這樣一想，興致便來了，運起冰氣想截斷電流，但冰氣瞧得見電流，卻是阻斷不了，努力了一陣，依然徒勞無功。

周宣發了狠，狠狠將冰氣全力運了出去，還是想將那電流斷掉，但就如漁網裝水一樣，無論你怎麼努力，電流都是攔不住的！

斷不了電流，老子把你的電源線斷掉可以吧？

周宣將冰氣瘋狂運轉著，但冰氣可以將物質轉化爲黃金，卻不能使物質消失！於是，周宣全力運起冰氣，冰氣沿著銅線與電流翻翻滾滾鬥了起來，在銅線和電流上，冰氣竟然可以達到不曾想像過的距離，至少有一百米以上，幾乎是將酒店周圍的房間都鑽透了。

鬥得起勁，但周宣也覺得消耗很大，躺在床上喘起氣來，汗水也從額頭上滾落。周宣顫抖著用手抹了一下汗水，但就在這麼一瞬間，冰氣竟然將這些銅線全部轉化爲黃金！

這一下損耗更大！

周宣嘴裏咕噥了一下，罵了一句髒話，準備將殘餘的冰氣收回來。

但就在這一刻，奇蹟發生了！

周宣收回來的冰氣一路退，一路將轉化爲黃金的銅線吞噬掉了！而且，在吞噬掉黃金線的那一刹那，周宣感覺到自己的冰氣也旺盛一些，壯大一些。當冰氣全部退回自己身上時，百餘米的銅線竟然全部被吞噬掉了！

到醒悟過來時，周宣才發覺屋裏的燈已經熄滅了，沒有阻斷掉電流，但把黃金線吞噬後，同樣也能把電流斷掉，目的總算是達到了！

歇了一陣，周宣坐起身來，轉化黃金分子最損耗冰氣，不過冰氣剛剛吞噬了黃金線恢復了一些能量，只是比損耗的能量還差很多。

坐著想了好一陣子，周宣才明白到，冰氣雖然可以吞噬黃金來增加能量，但這黃金是靠冰氣轉化的，如果轉化黃金需要五分冰氣的話，再將這五分冰氣轉化的黃金吞噬回來，卻只能增加一分多的冰氣，這個賬明顯是不划算！

不過，冰氣能吞噬黃金，這倒是第一次發現，而吞噬黃金能增補冰氣能量也是一個大發

現。周宣苦笑著搖頭，難道精進冰氣要靠吃黃金才行啊？這冰氣的糧食可真貴啊！

到了現在，周宣對冰氣的來歷還是沒搞清，但冰氣的性能卻的確是跟黃金有關。冰氣一嗅到黃金的味道就興奮，也能短時間把物質轉化為黃金，而手腕裏的丹丸冰氣在最旺盛的時候，顏色也會變得跟黃金一樣金燦燦的，只是在消耗很大的時候，冰氣的金黃色會減淡，冰氣越弱，顏色就越淡。

周宣又瞧了瞧左手，現在的左手已經不再有金黃的顏色了，跟自己其他肌膚顏色一個樣，不過，即使膚色恢復了，這隻手仍然還是黃金左手吧？

周宣正在陶醉時，就聽到有人敲門，原來是酒店服務員。

服務員拿著手電筒，樓道上已聚滿了酒店裏的房客。

以周宣的房間為中心，上下左右五六層一百米範圍以內的房間燈都熄滅了，有人投訴，服務員正忙得焦頭爛額的。

周宣這才想到，這是自己惹的禍，自己把銅線轉化為黃金給吞噬掉了，可酒店的維修人員就算是查破腦袋也查不出來原因，牆裏的暗線怎麼會消失了呢！

酒店一時給鬧得亂哄哄的，很多房客要求退房或者換房。

周宣臉一陣紅，好在黑乎乎的也瞧不見，再說服務員也沒有注意他，趙老二和鄭兵幾個人都跑出房來了，趙老二嚷嚷著要換房。

周宣對服務員道：「服務員，有蠟燭沒有？有的話，給我房間點上，我不用換房了！」

「有有有，我馬上拿過來給您點上！」

服務員趕緊點頭回答，然後急匆匆去了。

周宣不換房，趙老二頓時就沒勁了，嘀咕了兩聲。鄭兵、江晉四個人就更不會換了，因爲換了房就離周宣遠了，他們是來保護周宣的，可不是來享受的。

周宣冰氣吞噬掉的銅線還好只是在這些房間中，主線沒有動到，否則停電的可就不只是這幾十間房了，搞不好就會是一整棟樓了！

點了蠟燭後，周宣再躺回到床上，這會兒才仔細想了想剛剛幹的荒唐事情，不禁有些好笑，試驗冰氣卻把人家酒店的電線給吞噬掉了。冰氣可以吞噬黃金增加能量，但哪有那麼多黃金拿來給冰氣吞噬掉？就算有，自己也捨不得吧？

忽然間腦子中一閃，一個念頭跑了出來，周宣不由得大喜過望！

原來，周宣是突然想到了給李老的治療方法，那就是把他體內的彈片轉化爲黃金，然後用冰氣吞噬掉，這種法子可以將李老體內，包括腦袋裏的那塊彈片全部消化，而沒有任何後遺症。

轉化物質分子爲黃金雖然很損耗冰氣，但李老身體內彈片的體積卻都很小，對周宣來

說，算不了重活，以現在的法子來做的話，遠比治療老爺子的癌症要輕鬆得多！

這個難題解開了，周宣心裏還真是興奮了一下。去了一件心頭事，周宣心情也好得多了，吹掉了蠟燭躺下來睡覺。

在冰氣的運行中，周宣不知不覺睡著了。

第二天早上，趙老二起床後把周宣叫起來，嘀咕著沒有電，沒有空調，什麼都沒有，這算哪門子的酒店！

周宣自然不能說這都是他搗的鬼，與鄭兵幾個人一起吃了早餐後，支票上的錢兌現了。這一下，趙老二就臉大脖子粗了，怎麼說他也成了一個真正的千萬富翁了！

按趙老二的想法，手裏有了錢，如果不到快樂的地方逍遙一下，不足以表達他的暢快！但有鍾琴在，這話是說不出口的，而且周宣也好像沒有那個心情，趙老二便只能把那心情強壓在心底。

鍾琴是早上到的，支票兌現後，他們還要去林仕途那兒。

重新佈線後，酒店裏給周宣他們換了房間。過午後，五個人才又開車到了林仕途的廠子裏。

林仕途收的周宣的支票早已經到賬。廠房裏，周宣的毛料都裝車封得好好的，連周波的那一車都給拉來了，只等周宣定時間發車。周宣則在考慮著，要不要再去緬甸一趟。事情辦得差不多了，林仕途提議親自陪周宣幾個人到騰衝的名勝古蹟遊逛，這次，周宣沒有拒絕。

遊玩了三四日後，在林仕途的家中，周宣向林仕途問起了緬甸的情況。

「林老闆，你是做毛料生意的，又是騰衝這兒最大的珠寶批發商，你對緬甸那邊的情況應該很瞭解吧？呵呵，我倒是想過去瞧瞧！」

林仕途沉吟了一下，說道：「緬甸那邊我倒是很熟，產翡翠的地方離我們騰衝和瑞麗只有一百五十公里，又因爲翡翠只爲華人所喜，所以騰衝和瑞麗便成了緬甸玉最大的銷售中間地！其實在明朝萬曆年間，動拱和密支那還屬於咱們保山市管轄，那個時候，保山叫做永昌府。從那時起，翡翠經騰衝、瑞麗輸入我國，這條通路已經有四五百年的歷史了。上品良玉多發往粵東、滬中、閩南。」

林仕途一邊沖著茶，一邊說著：「那時從緬甸到雲南的官道上，經常有七八千甚至數萬頭的馬幫運輸翡翠玉石。各路商家爲率先得到翡翠玉石，紛紛攜鉅資而來。爲此曾有『昔日繁華百寶街，雄商大賈挾資來』的盛景。在緬甸採玉的礦主們大多是華人，真正的緬甸礦主卻是很少。我爺爺的親叔叔就是在緬甸定居的華人，專門從事翡翠生意。到他的孫子一輩，也就是我的堂叔一輩，仍然在密支那有兩個大礦，我的貨都是從那兒來的。當然，也還有別

的礦運貨來。畢竟，騰衝就數我和金胖子的廠子最大，金胖子被查封後，這幾日我的來貨量就更大了！」

林仕途說著金胖子時，眼瞄了瞄周宣。周宣只是淡淡笑了笑，不加評論。

林仕途又道：「以前，騰衝和瑞麗是翡翠的最大集散地，但後來，由於國內封閉了通路，玉石生意大幅下降，我們家跟堂叔的來往也斷了。緬甸玉商不得不捨近求遠，將毛料玉石運到千里之外的泰國清邁，與香港、台彎以及日本的商人交易。一二十年下來，清邁倒是由茅草屋的舊街市變成了擁有數萬人的世界級翡翠貿易中心。直到開放後，國內恢復了玉石業的貿易及加工生產，中國才又奪回了國際玉石最大交易市場的稱號。」

趙老二這幾日也一頭鑽進了翡翠玉石的研究當中，林仕途說的這些，要是以前，他會聽得不知所云，但現在卻是越聽越有勁，問道：

「林老闆，我們是辦了護照的，可不可以過緬甸那邊瞧瞧去？」

「呵呵，要過緬甸很容易，我對那邊也熟，這十來年我跟堂叔交易也多，過去是沒問題的。」林仕途沉吟著道：「不過，如果只過去參觀遊玩可以，如果是要去賭石或者跟礦主們直接交易，倒是有難度！」

周宣微微笑道：「這又怎麼說？」

「緬甸那邊採礦的場口都是原始森林，很多地方不通車，沒有公路，玉石礦採出來是用人工、馬或者大象等運出來，而且緬甸國情不穩定，除了政府軍之外，還有屬於各種黨派，民族勢力的軍隊各自把持著一塊地盤，我們外國人要去這些地方，是有很多危險的！」

林仕途嘆息著說道：「而且緬甸政府還規定，採出來的礦石要由政府統一拍賣，利潤由礦主和政府分享。當然，還是會有一部分礦石給偷偷運出來，絕大部分能流到騰衝和瑞麗。當然，偷運出來的礦石是要便宜很多的。」

周宣這才明白，到緬甸和礦主們合營的事看來是行不通了，人身安全不保障，也就沒必要去冒那個險。又不是缺錢，要賭石的話，一兩個月來林仕途這兒一趟就好了。

「既然是這樣，我看就算了。那咱們就準備一下，今明就起程回去吧！」周宣偏過頭對趙老二說著。

林仕途笑呵呵地道：「再玩幾天吧，也不趕時間。我倒是想跟周先生多聊聊玉石經驗，我看過很多人，可都沒有你們這份運氣啊。呵呵，若全推到運氣上我就不信，說到底，還是要憑眼力和技術的！」

周宣正要請林仕途講下去，卻見鄭兵從廳外急急走進來，到他身邊低聲道：

「周先生，北京那邊來的電話，說有急事！」

周宣一怔，北京的電話，什麼急事？趕緊接了電話。

電話裏傳來的是妹妹周瑩的聲音，有些急，有些慌亂：「哥，是你嗎？」

「是我，有什麼事，你慢慢說，別急！」周宣沉聲說著。

周瑩的聲音卻又一下子遲疑起來：「哥，你趕緊回來吧，出事了！」

周宣惱道：「有什麼事情，你猶猶豫豫的幹什麼？趕緊說！」

周瑩停了一下，然後才又說道：「哥，還是你回來再說吧，你趕緊回來就是了！」

周宣氣得不行，喝道：「你在洪哥家吧，把電話給洪哥！」

周宣還真是料得沒錯，周瑩倒真是把電話給了魏海洪。

不過周宣還沒說話，魏海洪的聲音便傳了過來：「兄弟，我知道你要說什麼，我也不好說，還是你自己回來吧！」

說完就掛了電話，周宣氣呼呼地想著要打回去，但又想到以魏海洪的性格，再問也是白搭，當即對趙老二和林仕途道：「林老闆，老二，我有急事要趕回北京，麻煩林老闆幫忙把車調好，讓老二押車把貨運回北京。」

周宣又瞧著鄭兵道：「鄭連長，老二是個生手，一個人我不放心，如果你方便的話，就安排兩個人跟著，你看張山和伍風兩兄弟行不行？」

鄭兵想也沒想一口就答應下來：「沒問題，張山、伍風留下，跟趙老二押貨回北京，我和江晉跟你搭飛機回去！」

周宣心裏著急，也沒再去多想，跟林仕途告別了一下，然後趕緊讓江晉開車往保山機場。

有鄭兵的關係，機票的事周宣一點也不用操心。飛機是傍晚六點十五分的航班，在機場候機大廳等了一個小時左右。

周宣心裏毛毛躁躁的，不知道家裏究竟是出了什麼事。不過，聽周瑩和魏海洪的口氣，應該不是家裏人有危險，如果是家裏人有危險，有魏海洪在，他怎麼會袖手旁觀？

雖然不擔心，但周宣心裏還是有種極不踏實的感覺。

在北京國際機場下機後，周宣沒做半分停留，攔了計程車就往家走。鄭兵和江晉把他送到了宏城花園八號別墅後，才到李雷那兒交差去。

周宣心裏焦急，急急進了門，卻見老娘金秀梅和劉嫂正在客廳裏坐著。

一見到周宣進屋，金秀梅就起身抓著周宣的手哭道：

「兒子，媳婦走了，媳婦沒了！」

周宣怎麼也沒想到傅盈會出事，一聽金秀梅的話，頓時心裏揪心般地疼了一下，又害怕又吃驚地問道：

「媽，你慢慢說，說清楚，到底是怎麼回事？」

金秀梅擦了擦淚水，從衣袋裏拿了一封信出來，遞給周宣哽哽咽咽地道：

「媳婦昨天還好好的，今天早上咱家來了一個客人，挺年輕的，長得也俊，是找媳婦的，結果媳婦跟他說了幾句悄悄話，然後就回房裏寫了這封信給我，叫我交給你，還說叫你別再想她了，另外找個女孩好好過日子！兒子啊，這是怎麼回事啊！」

周宣頓時如被鐵錘重重擊了一下，捂著胸口倒在沙發上，心裏又痛又酸，好一陣子才緩過來，顫顫著把手裏的信封撕開，裏面只有一張紙。

周宣喘了幾口氣才顫著打開信，紙上面只有五個字：

「周宣，忘了我吧！」

周宣癡癡呆著，淚水卻是不由自主滑落下來，滴到信紙上，幾個字也給浸得模糊起來。

周宣呆了一陣，雖然心裏儘是傷痛，卻怎麼也不願意承認這個事實！

他忽然站起身就往樓上跑，衝到傅盈的房間裏。房間裏整理得整整齊齊的，桌子上還有一個小小的鏡框，周宣拿起來一看，鏡框裏是一張傅盈跟他的合影，是在老家武當山照的。照片中，傅盈頭歪著斜靠在他的肩頭，一臉的甜蜜。

瞧著傅盈甜美的笑容，周宣更是心痛如絞，他怎麼也不能相信傅盈會突然離開他！傅盈是不會自己離開他的，唯一的解釋就是，她的家人來找她，是不是她家裏出什麼事了？

老媽金秀梅跟了進來，神情很是緊張。周宣咬著牙問道：

「媽，到底怎麼回事？盈盈好好的，怎麼會走？她有沒有跟你說別的？有沒有跟你說來找她的人是哪一個？」

金秀梅很擔心周宣，愁眉苦臉瞧著周宣道：「她走的時候，就只跟我說了一句話，說要你不要去找她，別的什麼都沒說，來找她的那個男的是誰，她也沒說！」

周宣抱著頭坐在床上，周瑩也進來了，見到周宣痛苦的樣子，誰也不敢說什麼。

周宣忽然抬起頭向周瑩伸手道：「把手機給我！」

周瑩趕緊把自己的手機遞給他。周宣打電話查詢了北京到紐約的航班消息，現在是晚上九點，已經沒有到美國的航班，下一班的時間是凌晨六點四十五分。周宣當即訂了到紐約的機票，回過頭把手機遞還給周瑩。

停了半晌，周宣揮了揮手，低聲道：「你們都出去吧，我想靜一靜！」

周瑩擔心地道：「哥……」

「出去吧！」周宣擺擺手。

周瑩見周宣兩隻眼睛似要滴出血來一般，心裏嚇得一陣亂跳，趕緊拉了老娘退出房去。

周宣抓著頭髮，努力讓自己清醒些。可是怎麼努力都沒用，腦子裏全是傅盈的音容笑貌，眼淚止不住又流了出來。男兒有淚不輕彈，只因未到傷心時！

周宣伏在傅盈的床上淚如雨下，淚水濕了床單一大團，好一陣子才顫抖著拿出傅盈留下

的那封信來，這時候，信上的字跡已經都模糊到瞧不清了。

周宣慢慢回憶起傅盈以前的事來。想著想著，心裏倒是漸漸好了些。無論如何，周宣都不相信傅盈會移情別戀，能讓她這麼狠心離開，肯定是她家裏有了不得已的苦衷！

傅盈對他的愛意之深，從她在天坑洞底的危境中就知道了，一個連死都不能分割的愛情，又怎麼可能說分就分呢！

想到這裏，周宣倒是慢慢鎮定下來。現在不要再去想什麼，還是明天早上坐飛機到紐約見到盈盈再說吧。

周宣坐起身來，床單上儘是傅盈的體香，又發了一陣癡，身邊突然遞來一張紙巾。愣了一下，周宣轉過頭來，給他遞紙巾的竟然是魏曉晴！

周宣沒有接紙巾，用手胡亂在臉上擦了幾下，然後道：「曉晴，你還是出去吧，我想一個人靜一靜！」

魏曉晴嘆了口氣，幽幽道：「周宣，別把自己逼得那麼緊，鬆弛一下會好些，我想傅盈這麼做，肯定有她的難言之隱，說實話，我也不信她會這麼絕情！」

周宣呆了呆，停了停才問道：「你怎麼會在我們家？」

「我一直都在，只是你沒注意到而已，你心裏只有傅盈一個人，哪裡會瞧得見我？」魏曉晴這話說得很幽怨。

周宣搖了搖頭，說道：「曉晴，我心裏不舒服，不想對你發火，還是請你出去吧！」

魏曉晴把嘴唇咬得緊緊的，坐了一會兒，最終還是靜靜地走出了房間。

請續看《淘寶黃金手》卷六 爭名奪利

淘寶黃金手 卷五 稀世翡翠

作者：羅曉
出版者：風雲時代出版股份有限公司
出版所：風雲時代出版股份有限公司
地址：105台北市民生東路五段178號7樓之3
風雲書網：http://www.eastbooks.com.tw
官方部落格：http://eastbooks.pixnet.net/blog
Facebook：http://www.facebook.com/h7560949
信箱：h7560949@ms15.hinet.net
郵撥帳號：12043291
服務專線：(02)27560949
傳真專線：(02)27653799
執行主編：朱墨菲
美術編輯：許惠芳

法律顧問：永然法律事務所 李永然律師
　　　　　北辰著作權事務所 蕭雄淋律師

版權授權：蔡雷平
初版日期：2013年4月
初版二刷：2013年4月20日
ISBN：978-986-146-953-9

總 經 銷：成信文化事業股份有限公司
地　　址：新北市新店區中正路四維巷二弄2號4樓
電　　話：(02)2219-2080

行政院新聞局局版台業字第3595號 營利事業統一編號22759935

定價：280元　特價：199 元

國家圖書館出版品預行編目資料

淘寶黃金手／羅曉著. -- 初版-- 臺北市：風雲時代，
2012.12 -- 冊；公分

ISBN 978-986-146-953-9（第5冊；平裝）

857.7　　　　101024088